JN226508

猫耳少女と世界最強の魔法国家を作ります

NEKO MIMI

We Establish the Most Powerful Magical Nation with a Catgirl.

Amano Hazama

天野ハザマ

著

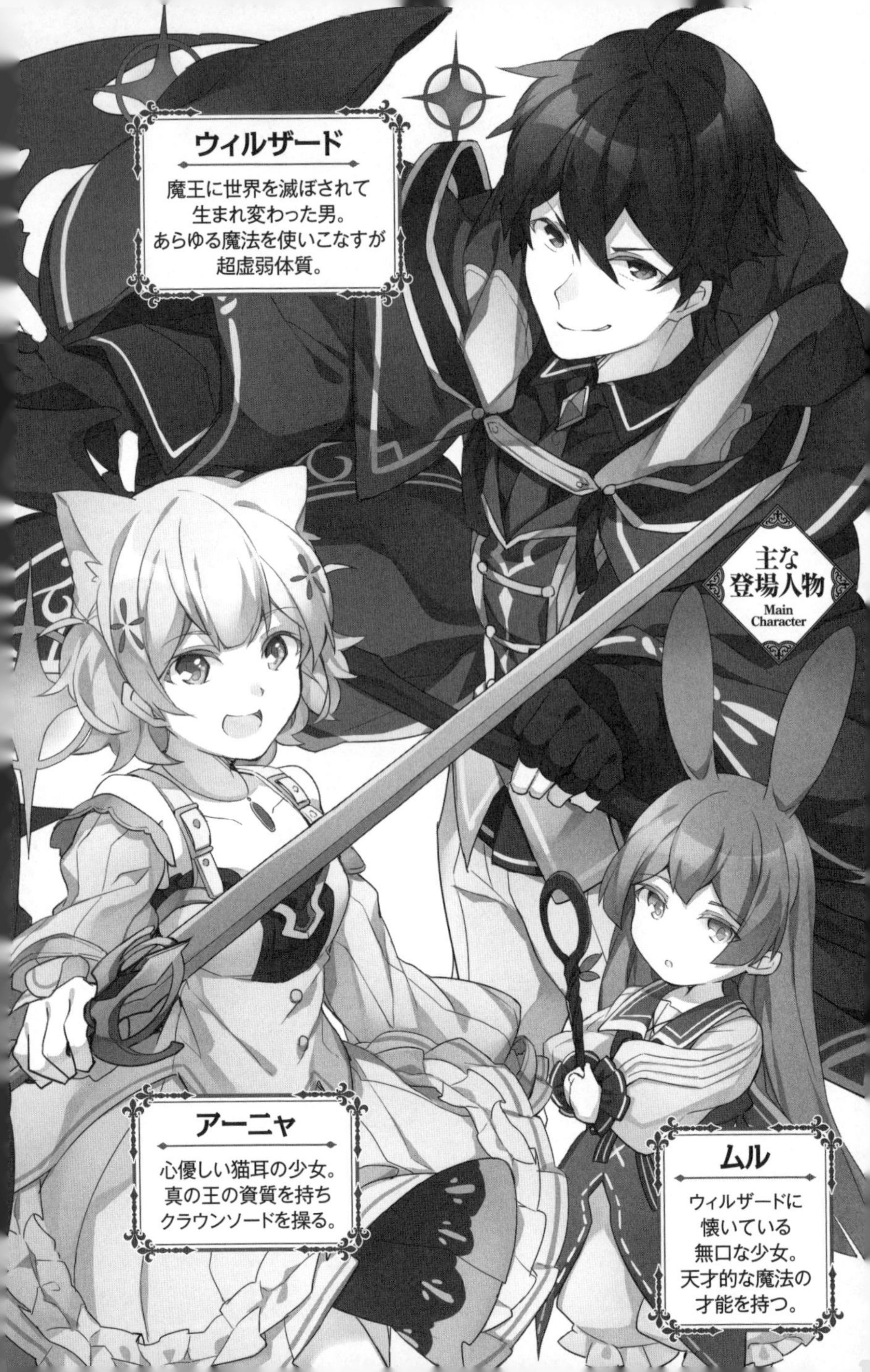

ウィルザード
魔王に世界を滅ぼされて
生まれ変わった男。
あらゆる魔法を使いこなすが
超虚弱体質。
主な
登場人物
Main
Character
アーニャ
心優しい猫耳の少女。
真の王の資質を持ち
クラウンソードを操る。
ムル
ウィルザードに
懐いている
無口な少女。
天才的な魔法の
才能を持つ。

ベイガン
力こそ正義という
極端な理念で国を支配し、
蛮王と恐れられる男。
ルーガン
獣人達から
一目置かれる
元兵士の男。
ボガード
虎獣人のチンピラ。
お調子者。
アルダン
ウィルザードを転生させた
神らしき存在。
意地悪で気まぐれ。

プロローグ

走る。少女は息を切らし、山の中を走っている。

木々を避け、軽々と藪(やぶ)を飛び越える軽(かろ)やかな身のこなし。

肩ぐらいまで伸びたふわふわの金色の髪からは同じ色の猫の耳が覗(のぞ)き、お尻の辺りからは柔らかそうな猫の尻尾(しっぽ)が揺れる。

人でありながら猫の特徴も備えた彼女は、獣人と呼ばれる種族の少女である。

しかし、今の彼女は尋常(じんじょう)な様子ではない。

衣服は破れ、全身小さな傷だらけで、あちこちから血が滲(にじ)んでいた。

すでに足の皮はボロボロで、痛みを超えて、もう何も感じなくなってきている。

背中の傷は熱くて、痛くて……

背後から聞こえてくる罵声(ばせい)と笑い声が、彼女の危機感を煽(あお)る。

遊ばれている――それが分かっていても、一縷(いちる)の希望を求めて少女は逃げる。

助けてくれる者がいるなんて、期待していない。

故郷の国はとっくの昔に滅び、王も騎士も皆死んだ。少女が暮らしていた集落の皆も、散り散り。

死んだか、あるいは捕まったか。

この一帯の支配者であり、故郷を滅ぼした張本人である〝蛮王(ばんおう)〟の配下に追われて、こんな山奥まで逃げ込んだものの、この山に誰かいるとしても、皆彼女と似たような境遇(きょうぐう)の者ばかり。

だから、助けてくれるはずはないのだ。

それでも、わずかな希望にすがりついた少女だったが、結局絶望し、打ちのめされた。

この地に、この世界に、希望なんてない。

このまま奴隷(どれい)狩りをする蛮王の配下に捕まって、きっと——

「やだ、やだ……！　助けて、誰か助けて……！」

気付けば、声が漏(も)れていた。

枯(か)れたはずの涙が溢れ、少女の頬(ほお)を濡(ぬ)らす。

彼らはわざと捕まえないのだ。

そうでなければ、もうとっくのとうに捕まっている。

一定の距離を保(たも)ったまま執拗(しつよう)に追いかけて、少女の心が折れたところを捕縛(ほばく)する。

この近辺で蛮王に逆らえる者などいない。だからこその、遊びだった。

「助けて、よう……」

その声に応える者など、ここには——

少女の足がもつれ、ふらりと体が揺らぐ。

そして、柔らかい何かにぶつかった。

トゲトゲの金属鎧を纏った蛮王の配下では有り得ない、温かく、柔らかい感触。

「え……」

「助けて、か」

見上げると、そこには一人の男の姿があった。

深い闇の色を宿す宝石のような瞳に、同じ色の黒く艶のある髪。しかし、せっかくの美しい髪がボサボサなのがもったいないと思わせる。

そんな〝日常〟の雰囲気を持った、優しげな風貌の男だった。

身につけているローブは、昔少女が暮らしていた集落にいた祈祷師を思わせる。

少なくとも、こんな山の中にいるのが不思議なくらいに小綺麗なその誰かは……少女に笑いかけて、こう告げる。

「分かった、助けよう。僕はそのためにここに来た」

「え……え……？」

束の間、少女は混乱する。

助ける――何よりも求めていたはずのその言葉の意味が、一瞬分からなかったのだ。

「おい、誰だ！　貴様……優人族か!?　どこの物好きか知らんが、その獣人を渡せ！」

追いついた金属鎧を纏う男達の一人が粗野な声を響かせる。

「優人族……？　君らはそんな恥ずかしい名前で自分の種族を分類しているのか。よく正気で言えるな？」

ローブの男は心底呆(あき)れた様子でそう答えた。

そう、ローブの男と鎧の男達には共通点がある。

少女の頭にあるような猫の耳と、お尻の辺りから出ている尻尾がないということだ。

それこそが、彼らの言うところの〝優人族〟の証(あかし)である。

一方、猫の耳の生(は)えた少女は不安げな眼差(まなざ)しを向ける。助けを求める気持ちの表れか、金色の尻尾は震えながらもローブの男にくるりと絡(から)みついていた。

「フン、その格好とその物言い。まさかこの山で隠遁(いんとん)生活をしている祈祷師の類(たぐい)か？　魔法などという遊びに夢中の穀潰(ごくつぶ)しが。我らは蛮王様の配下の騎士……邪魔をするなら容赦(ようしゃ)せんぞ」

嘲(あざけ)るように吐き捨てて剣を向けた蛮王の騎士に対し、ローブの男は肩を竦(すく)めてやれやれと頭を振る。

「魔法という〝遊び〟か。なるほど、酷(ひど)い。これは酷い」

そう言いながら、ローブの男もまた手に持った武器……長い木の杖(つえ)を構える。

太い木から削り出したと思(おぼ)しき杖は重厚で硬そうだが、金属製の武器と打ち合って敵(かな)うようにはとても見えない。

しかし、立ち向かう気満々のローブの男を見て、蛮王の騎士達は大声を上げて笑う。

常識を知らぬ馬鹿め、と嘲笑う。

だが、ローブの男が一言そう唱えるや、蛮王の騎士達はその安っぽい笑顔を張り付けたまま暴風
「追放の風」

によって空高く吹き飛ばされた。

「え、ええ……えええええええ!?」

あとには少女の驚愕の声が響くのみ。

「え、ばっかりだな、君は。言葉を忘れてしまったのか?」

「だ、だってだって! 今のって!」

あんな技、知らない。一瞬で蛮王の騎士達を吹き飛ばしてしまうなんて! 少女は言葉にならない言葉で訴えかける。

「今のは〝魔法〟だ。まあ、多少魔力を多めに込めたのは否定しないけどな」

「魔法!? 嘘! だって、あんな凄い魔法なんて、知らない!」

彼女の知る限り——いや、この世界において魔法というものは、半日祈って雨を降らせるとか、怪しげな薬を調合して病を治すとか、神殿で〝聖なる火〟の管理をするとか……そういう類のもののはずだ。

もしもあの時、こんな魔法があったなら、自分の故郷は——少女は夢想していた。

「そりゃそうだ。僕が創った魔法だからな。僕は、〝ちょっと凄い魔法使い〟なんだ」

「凄い、魔法使い？」

少女はその言葉を反芻（はんすう）する。

蛮王の騎士を吹き飛ばしてしまうような、凄い魔法使い。

見たところ、男には獣（けもの）の耳も尻尾もない。優人族にしか見えない彼ならば、蛮王は……いや、どの国の王でも彼を欲しがるだろう。

そんな人が、なぜ自分を助けてくれたのか。何も持っていない少女を助ける理由なんて、何一つない。

その疑問が、口を突いて出た。

「あの、どうして。どうして助けてくれたの？　私、お金なんてないよ？　宝石も持ってない。それに、私は獣人だし……」

優人族が力を誇（ほこ）っているこの世界では、獣人の少女には〝女〟としての価値すらないに等しい。地域によっては〝オス〟とか〝メス〟と呼ばれるほどなのだ。

文字通り、獣同然。

男が少女を助けて得することなんて、本当に何一つないはずなのだ。

「おかしなことを聞くなあ、君は」

つまらなさそうに……本当につまらなそうに、男は肩を竦める。

「助けてと泣いていたのは君だろう？　僕はそれに〝助ける〟と答えて実行した。一体どこが不思議なんだ？」

「だって。それじゃ、貴方(あなた)は何も」

「なるほど、君は悲観的なんだな。騙(だま)されにくくていいが、あまり悲観的すぎるのは、王としては少しばかりマイナスの資質だ。早急に直した方がいい」

男は独り言のようにブツブツと一人で呟(つぶや)いて納得する。その言葉の中に、何か不思議な単語が聞こえた気がして、少女は男を見上げる。

もし、自分の聞き違いでないのなら、王がどうのこうの、と言ったような……

「そういえば、互いに自己紹介もしていないな。君の名前は？」

ローブの男がおもむろに問いかけてくる。

「え、あ！　わ、私はアーニャ！　あの、そういえば私まだ、ありがとうって言ってない！　ありがとう！　助けてくれて……ありがとう！」

そう、何よりそれが大切だった。助けてもらったら〝ありがとう〟と言う。そんなことすら忘れていた自分に、アーニャは赤面(せきめん)する。

ぺこりぺこりと何度もお辞儀(じぎ)する彼女の頭を、ちょっと乱暴な手つきで男が撫(な)でた。

「なあに、気にするなよ。さっきも言ったが、僕は君を助けるために来たんだ」

「助ける、って……貴方は？」

「僕か？　そうだな、次は僕が自己紹介する番だな」

男はそう言うとアーニャの頭から手をどけて、大仰に一礼する。

「初めまして、恐らくは我が王。僕は魔法使いのウィルザード。遥か忘れ去られし世界より、君と世界を導くために参上した」

そう言って、ウィルザードは笑う。

……アーニャとウィルザードの最初の出会いであった。

◆

そしてこれは、ウィルザードとアーニャの出会いより遥か昔。年月を数えることさえ愚かしく思えるほどの太古に生きていた、ある男の話だ。

自分の名前すら忘れた彼が覚えているのは、燃える世界。

ニュースを伝える報道機関はすでに壊滅し、世界を守るべく結集した軍隊も数時間と経たずに蹴散らされた。

弄ぶような残飯処理の期間はすでに七日を経過しただろうか。

どこかの国が最終兵器を使うとか使わないとか、もう使ったとか。そんな噂が流れているが、噂を流した誰かさんも、きっと今ごろその辺に落ちている炭の一つになっているのだろう。

あるいは、地面に焼き付いた影のどれかがそうなのかもしれない。

空を見上げれば、夕日のように真っ赤に焼けていて、その中に高笑いをする……恐らくは人間であろう男が浮かんでいた。

たった一人の、生身の人間。そう、宇宙人とかそういう類の何かでないならば……恐らくは人間。

ここからではその顔すらも判別できない、小さな存在だ。

けれど、アレが、アイツが、この世界を。

「畜生……！　僕に、僕達に……なんの恨みがあるんだ⁉　どうしてこんな……！」

殺されると分かっていても、男は叫ばずにいられなかった。

答えはあった。

「そうだな。あえて言うなら……暇潰しだ」

そんな、なんの救いもない言葉とともに、眩い光球が降ってくる。

男の意識は、そこで途切れた。


――気付いた時には、男は熱くも寒くもない場所にいた。

視界は、ハッキリしない。

助かったのだろうか。自分はどうなっているのだろう。

記憶すら、ぼんやりとして、霞がかかっている。

そんな男の顔を覗き込んでいた、〝誰か〟が、小さく笑った。

「目覚めたようだね。恐らくは君が真っ先に問うであろう〝なぜ？〟に答えようじゃないか」

そう言って、〝誰か〟は男の前で何度か手を振る。

段々と男の視界がクリアになっていき、目の前の誰か……いや、少女の顔が露わになった。

「高度に発達した科学技術は、魔法と見分けがつかない、という言葉がある」

少女は、最初にそう切り出した。

「その言葉が意図するところはさておき、科学とは実に宗教的だ。魔法を〝理解できないもの〟という枠に押し込め、奇跡を分解して〝理解できるもの〟にしようとする。あらゆる〝非科学的〟な事象を科学的に否定し、〝オカルト〟という異教に貶めることで、科学という神を唯一絶対のものとして信仰する。いつしか科学は、この星で最大の信仰対象となった」

なるほど、確かにその通りだ。

男は少女の言葉に首肯した。

〝科学的でない〟という言葉は、あらゆる批判を祓う最強の聖句である。その烙印を押された主張は、すべて妄言として葬り去られてしまうのだから。

「恐らく、科学はこの星で最大の恩恵を人にもたらしただろう。機械は全ての人間を同じフィールドへと押し上げた。能力の有無は機械が補い、人々の間にあるのは道具を上手く使えるか否かという些細な違い。まあ……とりあえずその辺りはどうでもいい。つまるところ、あらゆるものが均一化されるのが機械文明の特徴だったということだ。だから、この星は……この世界は、〝魔王〟に勝てなかった。そして蹂躙されたのだ。理解できたかな？」

「分からない……僕は確か、あの空を飛ぶ男に殺されたはずだ。あれが魔王なのか？　いや、そもそも……ここはどこなんだ？　僕は生きているのか？」

改めて見回すと、そこは白い空間だった。

何も存在しない場所に、とりあえず空間を作ったらこうなった、とでもいうような適当な空間にいるのは二人。

一人は、黒い少女。ゆるいウェーブのかかった黒髪で、身に纏うゴシック調のドレスもやはり黒。白い肌に赤い瞳が際立つ。

耳が尖っているのはなんの冗談か分からないが、少なくとも、おぼろげな男の記憶の中にある人間という生き物には、そんな身体的特徴はなかった。

そしてもう一人は男。輪郭から恐らく男だろうと判断できる程度の、何か。人型の青い風船――あるいは、幽霊とでも形容すべき、青い光の集合体である。

少し強い風が吹けば消えてしまいそうなほど虚ろな存在感の男に、少女はクスクスと笑いかけた。

「質問が多いな。まあ、この空間は、言ってみれば神の世界的なものだよ。急ごしらえだけどね」

「神……？　なら、僕は死んだのか。ここは、あの世なのか」

「君の死生観なんか知らないけど、そう呼びたいなら好きにすれば良い。ただ、私は君に信仰された覚えはないし、私も君に何かを授けた覚えはない。そしてここには私と君以外はいない」

「なら……一体」

「そう慌てるなよ。君が死んだのは間違いない。随分昔の話だけどね。ざっと数億年くらいは前じゃないかな、数えてないけど……」

少女の言葉に動揺したのか、男の輪郭がブレる。

「で、君が誰かという話については、私も知らない。名簿を持ってるわけではないからね。そもそも、君自身がその調子だし、君のいた世界〝アース〟は魔王に滅ぼされてしまって、記録も手がかりもない。つまり、気にするだけ無駄ということだ」

「さっきから、魔王、魔王って、なんなんだ？」

「魔王は魔王さ。魔法の可能性を突き詰めた個人と言い換えてもいい。魔法を窮めたという思い込みで、自ら魔法の王――つまり、魔王と名乗ったわけだね」

「辛辣な評価に聞こえるが」

「当然だろ？　魔王だなんだと言ったところで、魔法による破壊の可能性を追求したにすぎない。挙句の果てに、世界を壊して回る迷惑者に成り下がった。辛辣にもなるさ。私は結構怒ってるんだぜ？」

そう言って顔をしかめてみせる少女に、男は演技じみているという感想を抱く。

口では怒っていると言うが、少女からはまるで怒気が感じられない。

この少女が世界を壊して回る魔王の存在を認識しているということは、少なくとも彼女もまた、それを理解できる立場であるということだ。

もし本当に少女が神であるならば、アース以外にも数多の星や世界を統べているであろうと想像できる……その総数がどれほどかは分からないが、一つ一つにさほど愛着があるとは思えない。

言ってみれば、彼女がここにいるのは――

「そう、気まぐれさ」

男の心を読んだかのように、少女はその美しい顔をずいと近づけた。

「アースが滅びたのを見つけたのも、君の魂がしぶとく彷徨っていたのを見つけたのも、すべて偶然。こうして君を拾ったのも気まぐれだ。そして滅びたアースに新しい命を吹き込んだのもまた、私の気まぐれ。その一連の事象を奇跡と言い換えてもいいがね」

少女が手を叩くと、白い空間に白い板――学校や会議で使うホワイトボードのようなものが現れた。

「話を戻そう。アースは魔王によって滅びた。君がどの程度覚えているか知らないが、アースは私の視点から見ても相当に進んだ機械文明を持っていた。宇宙という箱庭を全て観測できていると錯覚する程度には進んでいたし、笑っちゃうくらい簡単に星を破壊できる力も保有していた。にもかかわらず滅びた。それも大蹂躙だ。アースの人間の攻撃は一切通じず、星を破壊できる自慢の最強兵器は魔王の髪の毛一本揺らすことができなかった。……さあ、そこでクエスチョンだ」

少女はペンを手に取り、ホワイトボードに〝どうしてアースの武器は通用しなかったのか?〟と、可愛らしい文字を書いていった。

　男に分かるはずがない。

　だが……男はふと、少女の最初の話を思い出す。

「……魔法じゃなかったから、か？」

　もしかして、と……そんなことを考えながら男は言葉を紡ぐ。

「大正解……とまではいかないけど、一応正解！」

　少女はそう言うと、楽しそうに手をパチパチと叩いて拍手する。

「もっと言えば、そうだね……発達した機械文明では、発達した魔法文明に勝てないんだよ。ハッキリ言おう。アースは魔力を扱えないから、魔王に敗北した」

　少女は続ける。

　──世界とは無限を内包した〝全〟である。故に、あらゆる方向へと進み得るが、進むほどに無限は削れ、有限へと堕ちる。それは、世界が方向性を獲得するための祝福すべき進化であると同時に、要らないモノを切り捨てる儀式でもある。

　アースの場合は科学に偏重した機械文明を選択し、魔法の可能性を捨て去った。故に、アースの人類は魔力を観測する力すら失った。もはや魔力は彼らの世界には存在しないものになったのだ。

　それは、アースの人間達が自ら選んだ祝福すべき結果だ。

「いいかい？　魔力を帯びない攻撃では、どれだけ数を増やそうと威力を増そうと、魔王には意味がない。アースの人間が信奉する科学や物理法則とはまったく別の理によって、ねじ曲げられ、無力化されてしまうんだ。たとえば、一秒に数十万発の鉛の銃弾を撃ち込んだとしよう。でもそれは、子供が魔力を帯びた拳で二、三回殴るのにすら劣る。そういうものだということを、まずは理解したまえ」

相性の問題とも言えるが、アースは魔王に目をつけられた時点で敗北が確定していたということだ。

「さて、そこで私は滅びたアースに新しい命を吹き込んだわけだが……今度は魔法文明が正しく育つように〝それっぽい奇跡〟を定期的に起こして文明を誘導することにした。言ってみれば、魔法文明育成計画というわけだ」

先程の文字を消して、少女はホワイトボードに〝魔法文明育成！〟と書く。

「しかしながら、これが上手くいかない。まあ、やりすぎたんだな。人々の間に魔法は神の奇跡という認識が広まりすぎて、自分達で魔法を発展させて使おうという意識が育たなかった」

結果として、新しく生まれ変わったアースは〝魔法は存在するが進歩しない〟という状況に陥ってしまった。

「しかも困ったことに、世界は群雄割拠。様々な文化、価値観を持つ者達が〝我こそ真の王なり〟と、無数の国に分かれて争っている。中には機械文明を発展させようとする国まであるのだから、これは非常に危うい。魔法は不便だが機械は便利などと吹いて回られては台無しだ」

科学文明が台頭すれば、遠からずアースと同じ運命を辿る可能性があり、少女にとっては許容できない結果を招く。

「そこで、君の出番というわけさ」

少女はニヤリと不敵に口元を歪める。

「……魔法を進歩させろ、ということか」

「その通り。今、新しいアースに必要なのは、魔法を伝える者だ。知識を、技術を、利便性を！　誰もが〝魔法は素晴らしい。私も魔法を使いたい！〟と思うように、君が仕向けるんだ。そのために必要な全てを、君に与えよう」

――魔法の伝道者現る！　誰もが羨む魔法生活、魔法技術広がる！

ホワイトボードに威勢が良い文句を書き連ね、少女は男にペンを向ける。

「……が、その前に確認だ。君は、私の計画に乗る意思はあるかい？」

「その計画に乗ったら、あの魔王とかいう奴を……倒せるのか」

「君次第かな。当然タイムリミットもある。これはリスクの話でもある」

そう言うと、少女は笑みを消す。

「魔王だが、どうも〝私〟の存在に気付いているフシがある。世界を滅ぼし続けるのも、あちこちの世界に配下を放つのも……私を滅ぼして自分の魔法が至高であると証明したいがためかもしれないね。当然、新しいアースの存在に気付けば、私を狙ってやってくるだろう」

「……あんたは神なんだろう？　そんな魔王なんか滅ぼせるんじゃないのか？」

「そうさ、私は神だ。全ては私の子であり、当然、その中には魔王も含まれる。自分の可能性を試そうと頑張っている子の可能性を私自らの手で潰すなんて、可哀想（かわいそう）じゃないか。そんなことをするくらいなら、私は逃げるよ」

「……新しいアースが滅んでも？」

「兄弟喧嘩（きょうだいげんか）に姉妹喧嘩、大いに結構。私は、より頑張る方の味方だ」

つまり、この神らしき少女は、新しいアースを魔王から守るつもりはないらしい。

実質的に、魔王がやってくるまでが、この計画のタイムリミットということなのだろう。

「分かった。なら僕は、魔王よりも頑張って、新しいアースを高みに導こう」

「お、そうかい？　ならば私も頑張る君に協力しようじゃないか！　短い付き合いになるか長い付き合いになるかは、君次第だが……」

言いながら、少女はホワイトボードに大きな文字を書き込み……勢いよくバンと叩く。

「魔法文明育成計画（リアース・プロジェクト）……ここに始動だ！」

少女のその言葉と同時に、男の姿は光に包まれ……意識はブラックアウトした。

第一章　恐らくは、我が王よ

鼻をくすぐる草の匂いを感じて、男は目覚めた。

あの白い空間にいた時とは違い、男にはしっかりとした肉体がある。

「う……」

ぼうっとする頭で手元を探ると、指先が何かツルリとした感触の丸いものに触れた。

少し冷たいそれを持ち上げてみれば、どうやら水晶玉か何かのようで、光沢のある表面に、周囲の景色が映り込んでいる。

男はそこに映る自分の顔をまじまじと見た。

黒いぼさぼさの髪と、同じ色の瞳、恐らくは美形の範疇に入るだろうが、どことなく頼りない印象もある、優男風の顔。

着ている服は金の縁取りをした青色のローブで、よく見れば木製の杖らしきものが転がっている。

いずれも魔法使いをイメージしたものであろう。

もちろん、格好だけではない。男の頭の中にはすでに魔法の知識とでも呼ぶべきものが収まっており……いつの間にか彼は、魔法というものがなんであるか、明確に理解していた。

「……こう、だな」

男は手にした水晶に魔力を流し込む。

体の中を巡る魔力の移動はすんなりと行われ、魔力を帯びた水晶が淡く輝きはじめる。

その中に先程の黒いドレスの少女の姿が浮かび上がった。

「お、目が覚めたかい。どうやら魔力の使い方に関しては問題なさそうだね？」

「ああ、ここはどこだ？　僕はまず何をすればいい？」

「そうだね。この時代、能力を示せばどこかの王に取り入るのは簡単だ。でも、実はもっと良い作戦を思いついてる」

「……作戦？」

「そうさ。魔法を広めるためには、多くの人に魔法が凄いものだと思わせる必要がある。だったら、大きな影響力を発揮できる立場の方が、効率が良い。それは分かるね？」

「もちろんだ……ああ、そういうことか。僕自身が王になる、あるいは誰か王を擁立して国を建てろというんだな」

今ある国は、既存のルールの上に成り立っている。そこに魔法という異質な概念を捻じ込むには、既存のルールや価値観を打ち壊すところから始めないといけない。それは抵抗勢力との戦いでもあり、大きな労力になる。それならルール作りから始めてしまえばいいというのは、当然の帰結だ。

少女は満足げに頷く。

「理解が早くて助かるよ。しかし、君自身が王になってしまうと、国が大きくなるにつれて色々身動きが取りにくくなるだろう。資質的にも、後者の方が適切だと思うね、私は」

「なるほど。僕自身王様なんて柄じゃないと自覚している。だが、〝彼こそ王なり〟と宣言すれば国が建つというものじゃないぞ。説得力がないといけない」

「そうさ。まあ、安心してくれたまえ。君を送り込んだその場所は多少事情を抱えていてね。ついでに、少々小細工をしておいた」

「小細工？」

嫌な予感のする言葉だが、水晶玉に映る少女は腕を組んで得意げに笑う。

「ああ、ちょっとした剣が刺さった祭壇を用意してね。〝真の王にしか抜けぬ剣、クラウンソードを授ける。我こそはと思う者は挑戦するが良い〟って神託を、この新しいアース……リアースの全人類に流してみた。おかげでここ数日、世界中で大騒ぎさ」

「……一応聞くけど、剣はどこに」

「君のいる山の中。ちょうどそこに、私の目から見て、十分に王の素質を備えた子がいる。で、君にはその子を導いてほしい」

「そこまでお膳立てされていれば、迷うことはないな。じゃあ、早速その王様候補とやらを探しに行こうか」

立ち上がり、辺りを見回す男を、水晶玉の声が呼び止めた。

「ああ……一つ注意事項がある。君には魔法の能力をこれでもかってくらいに詰め込んだけど、その代わりに肉体的には恐ろしく弱い。風邪くらいの病気でコロッと死にかねないし、魔法なしでケンカすれば百戦百敗必至の最弱王だ。気をつけたまえ」

「これから魔王に抗おうというのに、風邪で死ぬのはご免だぞ」

……だが、それはどうにかなる範囲だと男は思う。

彼の中にある魔法の知識によれば、魔法とは、魔力を動力として結果を取り出す方程式。本来、全なる世界は、あらゆるものを内包するが故に、正しい方程式さえ組めば実現できないことは存在しない。

魔法を魔法として使うには、その方程式を世界に登録する必要があるが……それさえ行えば、魔法は〝望んだ結果を得るための手段〟として世界に生まれ出る。

「となると、まずは身体を強化する魔法を作らないといけないな」

「そうだね。見ていてあげるから、ここでやってみたまえ」

男は水晶玉を地面に置いて座り込むと、胸の前で掲げるように両手の平を上に向ける。

「……魔法創造、開始」

そう告げると同時に、男の前に無数の〝色〟が渦を巻きながら現れる。

赤、青、黄、緑、白、黒……様々な色がグルグルと回転し、それは男の意思のままに混ざりはじめる。

やがてそれは強い光を放つと、虹色の一つの玉を形作り……弾ける。

同時に、男の中に新しい魔法の方程式が流れ込んできた。

「できたみたいだね」

「ああ。すぐにでも使えそうだが……魔法の強度によっては、体への負荷が大きすぎて筋肉痛になりそうだな」

「君の場合は虚弱だから、どんな強化魔法でも筋肉痛になると思うよ？」

男はそれには応えず、次の魔法を作りはじめる。

これから魔法使いを名乗るなら、最低限の魔法がないといけない。

火の魔法、水の魔法、風の魔法、回復魔法に修復魔法……それっぽいものを一通り作成すると、男はふうと大きく息を吐く。

「お疲れ様。一段落したところで、君にプレゼントがある」

「プレゼント？」

「名前さ。君、名前がないだろう？」

言われて初めて、男は自分に名前がないことを思い出す。

名前がなくては不便だし、かつて男にも名前があったはずだが……今、それを思い出せないという事実に気付いたのだ。

「だから、私から君に〝ヴィルザード・マーリン〟という名前をあげよう」

「ウィルザード？　マーリン？」

「ああ。ウィルザードはアースの言葉で〝魔法使い〟を意味する。このリアースにはまだ存在しない言葉だがね。マーリンは……アースのお伽話か何かだったかな？　王を導く魔法使いの名前だったと思う」

「……王を導く魔法使い、ウィルザード、か」

「ピッタリだろう？」

「ああ。ありがたくいただく」

男が……ウィルザードがそう答えると、少女は笑う。

「そうかい。じゃあ、何かあったら連絡してきたまえ。まあ、王を導く者が裏で神に導かれていたとあっては格好がつかないから、最小限でお願いしたいがね」

言い終わると、水晶玉の中から少女の姿は消えた。

同時に、水晶玉は指輪の姿に変化してウィルザードの指にするりと嵌り込んだ。

これが、名もなき男……魔法使いウィルザードの、始まり。

◆

「……というわけだ。僕は僕の目的のために真の王たる人間を探していて……結果、この山で君を見つけた」

蛮王の騎士達を退けてから、しばらくの後。

魔法で熾した焚き火の前で、ウィルザードはアーニャに自分のことを語って聞かせた。

彼は、魂が抜けたような顔をしているアーニャを見つめて首を捻る。

ここは、アーニャが隠れ住んでいた小さな洞窟の近く。

すぐ側の洞窟の入口から四人の子供が顔を出し、ウィルザードを警戒するようにじっと見つめている。

「おいおい、まさか聞いていなかったのか？」

「え？　いや、その。聞いてた……けど。えっと、なんか世界が滅びたとか神様とか、話が大きすぎて……」

ウィルザードの言うことが、冗談や作り話の類だと切り捨てられるものではないことは、アーニャとて理解していた。

蛮王の騎士を吹き飛ばした突風や、すっかり傷が消え去った彼女の体がそれを証明している。

満身創痍だったアーニャの体は、ウィルザードの『回復魔法』で綺麗になり、破れた服も『修復魔法』で新品同様になってしまった。

だが、だからこそ分からないことがたくさんある。

「ウィルザー……えっと、長いからウィルでいい？」

「好きにするといい」

「うん。で……さ。どう考えてもウィルが王様になるのが一番早いじゃない。なんで私を王様にする必要があるの？　そもそも、なんで私なの？」

「なるほど、もっともな疑問だ」

アーニャの疑問に、ウィルザードは深々と頷く。

確かに、今日はじめて会った人間に君が王だと言われてなんの疑問も抱かないようでは、少々王としての資質が疑わしくもなる。

「一言で言えば、コレだな」

言いながらウィルザードが取り出したのは、大きな水晶玉だ。

水晶玉はアーニャに近づくほど輝きを増し、遠ざけるとわずかに輝きが小さくなる。

「これは王の資質を持つ者に反応するらしい。水晶玉の反応を頼りに歩いていたら、君に出会ったわけだ」

「え、ええ……？　どういう仕組みなの？」

「さあ。調べれば分かるだろうけど、今やるべきことではないな」

彼にも興味がないわけではないが、優先度を考えれば随分低い。

アーニャは水晶玉とウィルザードを見比べ……水晶玉を遠慮がちに何度か突（つつ）いた後に彼を見上げた。

「……なら、さっきのもう一つの質問。どうしてウィルが王様をやらないの？　たぶん、私なんかよりもウィルがやった方が上手くいくよね？」

「それはないな」

ウィルザードは首を横に振ってきっぱり断言する。

「こう言ってはなんだが、僕は国政に関する知識も才能も全然ない。そもそも国を導こうという情熱もないに等しい」

「え、ええ⁉　知識や才能なんて言ったら、私だってないよ⁉　それに、さっき魔法文明がどうのこうのって！」

アーニャは呆れ顔で抗議の声を上げる。

「それは僕の大きな目的ではある。しかしだからといって、政治と治世に忙殺されて魔法研究が疎かになってしまっては意味がない。僕はできれば早めに引き籠もって研究に勤しみたいんだよ」

魔法文明を広めるためには、広める材料――つまり、人々が興味を持つ便利な魔法がなければどうしようもない。

人々を引きつける材料作りはウィルザード自身がやるべきことであり、逆に言えば、政治は他の者でもできることだ。

「だから、恐らくは我が王。君には期待してるんだ」

「そ、そんなあ……私が王様だなんて言ったって、誰もついてきてくれないよ」

アーニャは、自分が敗戦して亡びた国の一国民にすぎないとわきまえている。そんな小娘を王と仰ぎついてきてくれる者なんて、お人好しの馬鹿者か詐欺師くらいしかいないだろう。

だが、ウィルザードは含み笑いで応える。

「そんなことはない。選定の剣を抜けばいい。それだけで、君は真の王たる資質を持つ者として世界中に認識される」

「そ――れは」

「それに。君はすでに、君の国の理想を抱いている。違うかい？」

ウィルザードの言葉に、アーニャは驚いたように目を見開く。

そう、彼女は〝私には誰もついてこない〟と言った。〝私に王は務まらない〟ではなく。

似ているようではあるが両者には大きな違いがある。

少なくともアーニャには、人の前に立つつもりはある。

そして事実、彼女には欲しい国があった。

「……私は。私は、獣人でも人として生きていける国が欲しいの」

「優人とか自称している連中はどうする？　彼らにやられたように、奴隷にでもするかい？」

「そんなのダメ。それじゃあ、何も変わらないもの」

「融和を目指すというわけだね。だが、君の国が力を持てば、きっと優人は君の国を怖がるぞ？」

今まで奴隷か人間以下の獣扱いしていた連中が国を持ったなら、きっと自分達にやり返すはずだと考えるに違いない。そう予測するのは、決して悲観的ではないだろう。

　だがアーニャはウィルザードの瞳をじっと見つめて答える。

「……でも、ウィルがいてくれるんでしょ？」

「え？　僕か？」

「うん。ウィルは、私を使って世界に魔法を広めないといけないんでしょ？」

「まあ……そうだな」

「だったら、私と私の国を守って。私の国が潰されないくらいになるまで、ウィルの魔法で私を助けて。そうしてくれるなら、私は王様になってウィルを助けるから」

　アーニャの言葉に、ウィルザードはしばし絶句した。

　なるほど、確かに彼女の言う通りだ。

　ウィルザードが彼の目的でアーニャを利用するなら、アーニャもまたウィルザードを利用する権利を持つ。そしてそれは、ウィルザードの目的にも合致している。しかし、まさかそんなことを今の段階でアーニャが言い出すとは思わなかったのだ。

　王の資質というものがどんなものか、ウィルザードにはイマイチ理解できていなかったが……ひょっとすると、確かにアーニャにはそれがあるのかもしれない。

「君が選定の剣を抜けたなら……その時は君の提案に乗ろう」

　驚きを誤魔化すように、渋々といった体を装ってウィルザードは応える。

「ほんと⁉　やったあ！」

飛びついて体を預けてくるアーニャに押し倒されて転がりながら、ウィルザードは〝うわっ〟と悲鳴に似た声をあげる。

「あ、危ないな君は！　普通火の側でこんなことするか⁉」

「だって！　ウィルが助けてくれるなら百人力だもの！　無敵の魔法使いでしょ⁉」

「え？　いや、僕は確かに魔法を使えるけど……殴り合いだと、たぶん子供といい勝負だぞ？」

「へ？」

「僕は体力もないし力もないんだ。正直に言うと、今君に乗っかられているだけでも結構キツい」

力のないヒョロヒョロした者のことを〝もやし〟と呼ぶらしいが、ウィルザードはまさに極細もやしといったところだろう。

アーニャを押しのけることすら力不足で諦(あきら)めざるを得ないほどだ。

「……ふーん？」

「だから悪いんだけど、どいてくれないか？　こうしているだけでも、結構体力が削られるんだ」

少しぐったりしながらウィルザードがそう言うと、アーニャは〝分かった〟と答えて、さっと跳び退いた。

……去り際に彼の頬にキスをしてから。

えへへ、と笑うアーニャとは逆にウィルザードは凍(こお)り付いたような顔をして……やがて、慌てて体を起こす。

「な、何をしているんだ、君は!?」

「お礼、だから」

「お礼って……」

「嬉しくなかった？」

少し悲しそうな顔で問いかけるアーニャを見て、ウィルザードは何かを言おうとしたが……結局何も言えずに、頭をガリガリと掻く。

「……もう少し自分を大事にするように。気安くそういうことをすると、勘違いされるぞ」

「うん、分かった！」

返事だけは元気なので、とりあえず心配ないと判断し、ウィルザードはため息を一つ。

そして真剣な表情で続ける。

「さて、君の決意は受け取った。ならば後は選定の剣に挑戦するのみだ」

「……うん。ところで、その剣なんだけど……」

「ん？　ああ、場所なら心配ない……たぶんアレだろうな」

アレが何を指すかは、この山の中にいる者であれば一つしか思い浮かばないはずだ。

顔を上げれば、山中から天へと立ち上る神々しい光の柱が見える。

蛮王の騎士がこのような山の中をウロウロしていた理由も、選定の剣の噂を聞きつけてのことに違いなかった。

もっとも、どういうわけか他国の騎士の姿は見えないので、ひょっとすると、ある程度近くに来ないと光は見えないなどの制約があるのかもしれない。

「善は急げだ。早速……」

――行こう、とウィルザードが腰を上げたその瞬間。

複数の〝ぐぅ……〟という切なげな音が聞こえてくる。

その発生源は、アーニャと洞窟の中にいる子供達のようだ。

「え、えっと……皆のご飯を探しに行く途中で……」

アーニャは恥ずかしそうに顔を赤らめる。

「……なるほど。しかし……」

そう言いながら、ウィルザードは洞窟の中へと視線を向ける。

身を隠すには最適な場所であるが、中は決して広くなさそうだ。

洞窟の前にある少し開けた空間は踏みならされており、いかにも大きな獣が出入りしていそうな雰囲気が醸し出されている。

彼女達がこの場所を奪われずに済んだ理由も、そんなところだろう。

「皆のご飯……ね。世話焼きというか、お人好しというか……自分のことすらままならないだろうに」

「うっ！　で、でも……皆お父さんもお母さんもいない子だから、一人じゃ生きていけないし」

「確かに、君も独り立ちする年頃なんだろうが、いきなり被扶養者を複数抱える余裕があるとは思えないね」

「で、でもでも！」

ウィルザードの真剣な眼差しを受けて、アーニャはなんとなくそわそわしながら視線を彷徨わせる。

「でも、見捨てられないと？」

「う、うん」

その返事を聞いて、ウィルザードは表情を緩める。そして、アーニャの頭に優しく手を乗せた。

「ふわっ!?　な、何!?」

「君に王の資質があると、改めて納得した。まだ力もないのに、庇護者たらんとしている。その慈愛は称賛に値する」

「え、そんな凄いものじゃ――」

「そうだな。君にとっては当然のことなのかもしれない。だが、このような極限状態にあってもそれを貫くのは難しい。故に、僕もこういうことをしよう」

ウィルザードが杖を振ると、地面に何かがガランと音を立てて転がった。

「え、これ。お鍋……？」

そう、それは抱えるほどに大きな鉄鍋。たっぷりスープを作れそうな大きさのそれをアーニャがつんつん突くと、その度に鍋の中に野菜がゴロゴロ現れた。

人参、じゃがいも、玉ねぎ……

立派な野菜が次々と鍋の中に現れる光景に、アーニャは目を白黒させる。

「ついでだ、それ！」

ウィルザードが再度杖を振ると、肉の塊が鍋の中に落ちた。

立派な豚肉の切り身に見えるソレが現れた途端、洞窟の中にいた子供達が〝お肉だ！〟と叫んで飛び出してくる。

鍋を呆然と眺めているアーニャの近くに集まって鍋を覗き込み、すごいすごいと叫んで手を叩き合う。

「え、ええ？　ウィル、これも魔法なの？　なんだか手品みたい」

「ああ、これもれっきとした魔法だ。その辺の草木や土を材料に組成を組み替えた。あまり効率がいいとは言えないが、伝説の始まりの瞬間に王が腹を鳴らすというのも……少々、締まらないからね」

「うっ……だ、だってぇ」

アーニャは顔を赤らめる。

「調理器具はあるかい？　具体的には包丁とかのことだが」

「あ、うん。一応……」

アーニャは一度洞窟の中に引っ込むと、錆びたナイフを一本手にして戻ってきた。

恐らくは護身用か何かのために持っていたのであろう。

「これが調理用だって？　芋の皮も剥けないんじゃないか？」

ウィルはそれをしげしげと眺め、杖で軽く叩く。

一瞬杖が輝いたかと思うと、光が伝わったナイフが輝きを取り戻し、新品同然に変わってしまった。

「ま、こんなものだろう……と。ん？」

いつの間にか自分の側に来ていた小さな兎耳の少女に気付き、ウィルザードは地面に座りなおす。

少女は爛々と目を輝かせてウィルの手元を覗き込んでいる。

「どうしたんだ？　えーと……」

「ムル」

「ああ、ムル。僕はウィルザード……ウィルだ。で、どうしたんだ？　お腹が空いたなら、君達のお姉さんがすぐに美味しいものを……」

ウィルザードが言い切る前に、ムルはかぶりを振る。

「もっと魔法、見たい」

「魔法を？」

「うん。凄かった」

「ふーむ……」

ムルの可愛らしいお願いを受けて、ウィルザードは少し考えた。

食材に集まっている他の子に比べると、このムルという子には魔法の才能があるのではないか。

もちろん、この世界において〝才能〟などというものは絶対的な尺度ではない。

才能がないと言われた者が、〝千年に一度の逸材〟と持てはやされる者すら辿り着けない高みに至ることだって有り得る。

だが、彼が着目したのは、そういうものとは別……すなわち〝興味〟だ。それこそが魔法の世界への第一歩であり、自分にもできると信じることが、魔法使いへの扉を開く鍵となる。

だから、お腹を空かせてなお、食材という〝結果〟より魔法という〝過程〟に飛びついたムルは、すでに魔法使いとしての第一歩を踏み出している――ウィルザードはそう感じたのだった。

「そうだなあ……なら、こういうのはどうだ？」

そう言ってウィルザードは杖を振る。

すると、ムルを含む子供達が着ていた薄汚れた服が、たちまち新品同様に綺麗になった。

「今の凄い！　洗ってないのに、綺麗になった！」

「そういう魔法なんだ。ナイフを綺麗にしたのと、原理は同じさ」

「私にも使える!?」

ムルが顔を輝かせ、ウィルザードはそれに応えてニヤリと笑う。

「使えるとも」

アーニャ達は焚き火の周りに石を並べて即席のカマドを作っていたが、ウィルザードが何かやっていることに気付いて手を止めた。

他の子供達もいつの間にか服が綺麗になっているのに驚き、ウィルザードとムルに注目する。

「この世に不可能なんてない。そう信じれば、誰にだって魔法を使う資格があるのさ」

「私でも、できるの？」

「そうだ。できないと嘲(あざけ)る奴がいるならば、大声で笑ってやれ。〝できない〟と言う度にそいつの世界は狭まる。魔法は〝できる〟と信じる奴にしか使えないんだからな」

ウィルザードが杖の石突(いしづき)で地面を叩くと、ムルの目の前の地面から小さな木がニョキニョキと生えてくる。

それはちょうどムルの膝(ひざ)くらいの高さまで成長すると、枝葉の形を変え、まるで小さな魔法の杖のような形を成した。

「これって、もしかして」

「ムル。魔法使いとしての第一歩を踏み出した君に贈(おく)り物だ。それは君の杖だ……受け取るといい」

ムルは恐る恐る膝をついて、目の前の杖を握(にぎ)る。

彼女が一気に引き抜くと、特に力を加える必要もなく、杖はコキンッと軽い音を立てて取れた。

ムルはそれを大事そうに抱きしめる。

「危険なモノは後回しだが、暇を見て便利な魔法を――うおおおっ!?」

ムルが杖を手にしたのを見るや、他の子供達がウィルザードに群がる。

「ずるいずるい！」

「僕も杖欲しい！」

「私は空飛びたいの！」

ウィルは飛びついてきた子供達にあえなく押し潰され、揉みくちゃにされながら、情けなく〝ぐええ〟と呻く。

「分かった！　分かったから、まずはどいてくれ！　あと、空を飛ぶのはもっと魔法に慣れてからだ！」

「飛べるの!?」

「君次第だ！　とりあえず……早く……い、息ができない……！」

元気な子供三人に乗っかられたとあっては、体力の最大値がゼロに近いウィルザードではすぐに限界が来てしまう。

「ムル、ムル！　この子達をなんとかしてくれないか！」

杖を抱えていたムルは、ウィルザードの救援要請に、ぐっと親指を立てる。

「……大丈夫、せんせ。不可能なんてない――でしょ？」

「頼りになる生徒だなあ、もう！」

ウィルザードが抵抗を諦めてぐったりしはじめたころ、食材の下処理を終えたアーニャがニコニコしながら近づいてくる。

「あのね、ウィル……」

「おお、アーニャ、恐らくは我が王。君の魔法使いが助けを求めている。この苦難から僕を救ってくれ」

ウィルザードはなんとか体を起こし、アーニャに訴えかける。

「あ、ええと。汲み置きの水があるからスープにしようと思うんだけど。もうちょっとその子達の相手してくれると嬉しいかなって」

子供達が火の側で遊ぶと危ないから――と、申し訳なさそうに言うアーニャに、ウィルザードは絶望の表情を向ける。

「なるほど、確かに合理的だ。それが君の判断なら、僕は生贄になろうじゃないか……覚えてろよ」

「あ、あはは。ごめんね？」

「ねえねえ！　魔法見せてー！」

「私、チョウチョが見たいな！」

先程のお腹の音もどこへやら、子供達は空腹を忘れてウィルザードに飛びつき、魔法をせがむ。

「分かった。分かったから、少しどいてくれ」

子供達に体力を削られ、息を切らしながらも、ウィルザードは魔法を唱える。

「舞い飛ぶ光の蝶（シャンバライ）」

彼が杖を振ると、その先から光の蝶（ちょう）が現れ、ヒラヒラと舞い飛ぶ。

夜道や洞窟などでの照明用に創っておいた魔法である。

男の子二人は歓声をあげ、ムルともう一人の女の子はうっとりと目を輝かせて蝶を見上げる。

「すごーい！　光るチョウチョだ！」

子供達が空を舞う蝶に夢中になっている隙（すき）を突いて、ウィルザードは立ち上がるが、すぐにまた押し倒されてしまう。

「ぐうっ!?」

「私も魔法使いになる！」

「僕も！　超凄いのになる！　魔法でアーニャお姉ちゃんを助けるんだ！」

「あ、俺だって！」

子供達の笑顔は、無垢（むく）そのものだ。

彼らとて、恐らくは今日に至るまでそれなりの苦労はあったはずである。

先程の喜びようからしても、森で採れるわずかな木の実や果実の類を食べて、飢（う）えを凌（しの）いできたはずだ。

アーニャという庇護者がいたとはいえ、そのアーニャも決して強者ではない。山の中に隠れ住む他の者達との取り合いで、どれほどの食料が手に入ったか。

そんな中で、ウィルザードと、彼のもたらした魔法が、子供達にとってある種の希望になったのは間違いない。

魔法があれば、きっとこの現状を変えられる——幼心にそう思ったのだろう。

始まりは決して幸福とは言えないが、悪くはない。今の生活に満足している者は、魔法などという力を求めるかは分からないのだから。

「……そうか。なら、君達もまた魔法の世界に足を踏み入れる資格を持っている」

ウィルザードは再度杖の石突で地面を叩き、三本の杖を作り出した。

子供達はそれぞれ自分の杖を大切そうに抱え、ポーズをとって〝ごっこ遊び〟を始める。

そんな中、一人離れていたムルがウィルザードへと近づいてきて声をかけた。

「ウィルせんせ」

「ん？」

「さっきの魔法。杖を振って唱えればいいの？」

「ああ、あれか。ただ唱えればいいってわけじゃない。自分の中で明確なイメージを抱くことが大切だ。つまり、先程の魔法であれば〝周囲に光を放ち舞う蝶〟というイメージが必要になってくるわけだな。まあ、いきなりそういうのに挑戦するのも少し……」

「……うん。それなら、なんかできる気もする」

「へえ？」

「舞い飛ぶ光の蝶（シャンバライ）」

ムルの振った杖の先から、青く光る羽を持つ蝶が一匹、ヒラヒラと現れ……すぐに消えた。

「どう？」

自慢げに胸を張るムル。

ウィルザードはしばし驚きに言葉を失い……そして、笑い声を上げながらムルを抱きしめる。

「は、はは……ははは！　なるほど、確かにできている！　驚き見惚（みと）れるだけでなく、しかも自分のイメージを構築したのか!?　なるほど、君は優秀な生徒だ！　いや、よくやった！　君はいい魔法使いになるかもしれんな！」

「あー、ずるい！　私もー！」

「いいとも、いいとも！　覚えたいと思った時が覚え時だ！　全員で簡単な魔法を覚えようじゃないか！」

上機嫌のウィルザードが洞窟の壁を叩いて何やら講義をはじめると、元気な子供達の声が響く。

料理中のアーニャは〝いいなあ、私も混ざりたいのに〟などと呟きながらも、久々に見た楽しそうな光景に温かい眼差しを送る。

このところ毎日怯えて、暗い顔をしていた子供達がこうして無邪気に笑っているのは、何よりも嬉しかった。

それがウィルザードのおかげだと思うと、ありがたさと同時に、ちょっとだけ悔しさも湧いてくる。自分にはできなかったことを彼は簡単に成してしまった。

それこそ魔法のように。

鍋の中ではスープがグツグツと煮えている。こんな場所では調味料が手に入らないから、大した味付けはできないが、市場でもなかなかお目にかかれないくらい上等な肉や野菜の旨味が溶け出しているはずだ。

これを食べれば、きっと皆もっと元気になるはず。

そう、全部ウィルザードのおかげ。

だから……選定の剣を抜いて、王様にならないといけない。

子供達のため、アーニャの夢のため。そして……彼に側にいてもらうために。

「へえ……なんか匂うと思ったら、随分美味そうなもの作ってやがるじゃねえか」

鍋を覗き込んで物思いに耽っていたアーニャの背後から、何者かの声が響いた。

「え……あっ⁉」

振り返る間もなく何者かに殴られて、アーニャは転がる。

頭からは出血し、痛みと混乱がアーニャの心中を支配する。

彼女を殴った者は、虎の耳を持つ獣人の男。

「……優人に媚売って、飯を恵んでもらったってか？　……反吐が出るぜ！」

男は不快そうな目でウィルザードと子供達を眺め、鍋を蹴り飛ばす。

「あ、ああ……！」

木の枝に吊るしてあった鍋は転がり、中身が地面にぶちまけられる。

「この、獣人の面汚しが！　お前みたいな奴がいるから、優人共が調子に乗るんだ！」

「お姉ちゃん！」

異変に気付いて飛び出そうとする子供達を杖で制し、ウィルザードはゆっくりと虎獣人に向きなおる。

「随分と酷いことをするじゃないか。同じ獣人じゃないのか？」

「うるせえ、クソ優人が！　お前らに媚びへつらった時点でこいつも同罪だ。お前共々ブッ殺す！」

怒りが収まらないといった様子の虎獣人は憎々しげにウィルザードを睨み、地面に唾を吐き捨てる。

「殺す？」

「ああ！　なんならそこのガキ共も道連れだ。見れば、弱そうな優人が一人きりじゃねえか。群れなきゃ何もできないくせに――」

息巻く虎獣人が一歩踏み出した瞬間。

「……土の束縛(アースバインド)」

「う、うおお⁉」

盛り上がった土が虎獣人の足を捕らえ、そのまま首の下あたりまで一気に覆って硬化する。

虎獣人は逃げようとして暴れ呻くが、もはや指一本動かせなくなった。

「僕は優人とかいう恥ずかしい種族になった覚えはないが、それはそれとして……」

「く、くそっ！　なんだこりゃ！」

「よくも彼女達が楽しみにしていた食事をダメにしたな。何様のつもりだ、君は」

「ぐっ……優人に媚売ってるクズを見下して何が悪い！　こんな所まで追われて、なんとか暮らしていたっつーのに、わけの分かんねえ剣のせいで優人共や蛮王の手下共が押しかけてきやがる！　狩られて死ぬしかねえこの状況で、プライド売って生き長らえてる奴が許せるか！」

ウィルザードは無言で虎獣人に近づくと、杖で頬を思い切り叩く。

全力を出しても大した威力ではないのが情けないところだが、それでも相手を怯(ひる)ませることくらいはできるし、続ければ傷もつく。

「ぐえっ……」

「生きたいと願って何が悪い」

殴る。

「死を恐れて何が悪い」

殴る。

「確かに、裏切って手に入れたものであれば、蔑まれて然るべきだろう。裏切られた者には、その権利がある」

殴る。

「だが、彼女達は誰も裏切っていない。媚を売ってもいない。僕は君の言う優人とは違うモノだ。それを踏まえた上で聞こう……君は何様だ？」

殴る。

「なんの権利があって彼女達の権利を侵す。君にはその権限があるのか？」

殴る。

「や、やめろ……」

「やめてほしいか？　だが君は彼女に理不尽な暴力を働いた。ならば、その報いもまた理不尽であるべきだろう」

殴る。

「こういう死に方はしたくないという死に方を言ってみろよ。それの三倍くらい惨い殺し方をしてやる」

ウィルは杖を突きつけて冷たい声で言い放った。

続けて何か魔法を唱えようとするが――しかし、彼に抱きついてきたアーニャによって詠唱は中断させられた。

「……ダメ！　それ以上はダメ、ウィル！」

「……アーニャ」

「ご飯なんて、また作り直せるから！」

「そういう問題じゃない。こいつは」

「だって、誤解なんでしょ⁉　誤解で殺し合うなんて……そんなのダメ！」

甘い考えだと、ウィルザードは思う。こういう輩（やから）は殺しておいた方が、後々面倒が少ないものだ。

だが……

「……ウィルせんせ」

悲しげな顔でローブの裾（すそ）を掴（つか）むムルを見て……ウィルザードは、ため息を吐く。

アーニャも必死に訴える。

「私が王様なんでしょ⁉　だったらウィル、お願い……！」

「ああ、分かったよ。恐らくは我が王。君の審判に僕も従おう」

ウィルザードがアーニャの頭に手を置き『治癒（ヒール）』と唱えると、彼女の怪我（けが）は立ち所に消えてなくなった。

ウィルザードはアーニャをじっと見つめて問う。

「それで？　この男の処遇はどうするつもりなのかな？」

「え？　ど、どうって」

「命を助けるのは理解したよ。あとは無罪放免かい？」

「え、えーと……」

アーニャは虎獣人の顔を見て、再度ウィルザードへと顔を向ける。

「……もうボコボコだし。いいんじゃないかな……」

「ふむ」

言われてみれば、腫れ上がっていて顔の形が変わった気がしないでもない。それに、今更ながら物凄く疲れている。

「まあ、君がそう言うなら、それでもいいんだが……おい」

「ひいっ！」

ウィルザードが呼びかけると、すっかり萎縮した虎獣人が息を呑む。

「どうもそういうことらしい。慈悲深い彼女に感謝したまえ」

「は、はいっ！」

次は容赦なく殺すぞ……と、アーニャに聞こえないように小さく呟いたウィルザードだったが、どうも聞こえていたらしい。

アーニャは〝もう！〟と漏らし、ムルは悲しそうに首を横に振る。

ウィルザードが虎獣人を覆っていた土を杖で叩くと、土はバラバラと崩れて虎獣人の体が解放される。

　次の瞬間、男は土下座していた。

「も、ももも……申し訳ありませんでしたあ！」

「はあ？」

　突然の態度の豹変に面食らって、ウィルザードは素っ頓狂な声を出す。しかし、すっかり毒気を抜かれた虎獣人の男は、そんな声にも縮み上がる。

「ヒイ！　殺さないでください！」

「いいから、もうどっか行けよ」

「ちょっと、ウィル」

　面倒臭そうに追い払おうとするウィルザードを、アーニャが小突いて窘めた。

　彼女とて、心安らかなわけではない。だが、ウィルザードが怒っているから、かえって冷静になってしまっただけなのだ。

「私だって怒ってないわけじゃないけど、命を落とすかもしれない状況で心が荒むのも分かる。だから、もう終わりにしよう」

　そう言って、アーニャは虎獣人の男に微笑みかける。

「でも、もうちょっと他の人に優しくしてほしいな」

「はい！　もちろんです！」

「あと、ウィルは優人じゃなくて……えーと、なんていうか……」

まさか先程聞いた神様とか世界が滅びたとか、そんなことを話すわけにもいかず、アーニャは困ったようにウィルザードを見る。

「僕は……そうだな、〝魔人〟だ。優人とかいう連中と一緒にしてもらっては困るな」

「ま、魔人？　そんな種族聞いたことも」

「えっと、そういうことなの。さっきの魔法も、ウィルが魔人だからできたことなんだよ！」

もちろんアーニャもそんな種族は聞いたことないし、これはウィルザードが今思いついた設定だ。

しかし、優人などという呼称も本人達が自ら勝手に名乗っているだけの種族名なのだから、ウィルザードが魔人と名乗ったところで、なんの問題もないはずだ。

「あ、あの……！　俺はボガードといいます！　先程〝王〟って聞こえましたけど、その、まさか……」

「君に関係あるのか？」

「ヒイ、すみません！」

「ウィル、脅（おど）しちゃダメ！」

まだ不満があるのか、射殺（いころ）しそうな視線で睨みつけるウィルザードを、アーニャが叱責（しっせき）し、ムルは彼の肩によじ登って気を落ち着けるように頭を撫でた。

「君はいい子だな、ムル。それに引き換え――」

「ウィルせんせ、そこまで」

「むぐっ」

皮肉を口にしようとしたウィルザードの両頬をムルが挟んで黙らせているうちに、アーニャが移動してウィルの視線を遮る。

アーニャは少し警戒しつつも、ボガードの質問に答える。

「で、えーと……そう。私は王様を目指しているの。だから、剣を抜きたいと思ってる。これでいいかな？」

「あ、あの！　そのことですが……」

「何？」

「は、はい！　剣の周りは蛮王の騎士達が陣取っていて……っていうか、蛮王本人が来てるって話です！　今は近づかない方がいいんじゃないかと！」

ボガードのもたらした情報に、ウィルザードは口元をニヤリと歪ませる。

「……ほう」

蛮王とは、この辺りを支配している小国の王だったはずだ。

その蛮王とやらに剣を抜けるとは思えないが、情勢的には剣を抜く大本命と看做されているに違いない。

万が一のことを考えて、ウィルザードは水晶玉を取り出した。

魔力を込めると、水晶の中に黒ドレスの少女の姿が浮かび上がる。

「おや、早速連絡してきたのかい。と言っても、成り行きは見ていたがね」

「なら話は早い。蛮王とかいう……たぶん男か？　そいつはどうなんだ？」

「男で合ってるよ。そうだなあ……無理だと思うぜ？」

「ならいい。感謝するよ」

「おやおや。随分その子に入れ込んで――」

ウィルザードは神らしきものが言い終わる前に映像を切り、懐にしまおうとするが、水晶玉は勝手に光り出して映像が復活する。

「――おいおい、いきなり切るなよ！　酷いじゃないか！」

「取り込み中なんだ」

「嘘つけ。もう戦後処理の段階じゃないか」

気付けばアーニャもムルも他の子供達も、ボガードも……全員が水晶玉に見入っていた。

このような通信手段は初めて見るのか、皆興味津々といった様子だ。

「え、えっと……もしかして、ウィルがさっき話していた神様？」

アーニャはウィルザードに耳打ちする。

その声に神らしきものも気付いたのか、アーニャに向かって手を振りはじめる。

「やあやあ、初めまして。うちのウィルザードが世話になってるね。君はいい子そうだから、長い付き合いになるといいな」

「え!?　は、はい！」

「うんうん。で、そこの短慮な虎の君」

急に水晶玉に呼びかけられたボガードは、跳びあがるくらいに驚きながらも〝はいいい！〟と叫ぶ。

「どうせ行くあてもないんだろ？　ちょうど牙も折られたところだ。その子に従うといい」

「おい、勝手に……」

ウィルザードは不平を漏らすが、当人達の間で話は進んでいく。

「はい、もちろん従います！　忠誠を誓います！」

地面にめり込む勢いで土下座を始めたボガードを見て、神らしきものは満足げに頷くと、再びアーニャへと視線を向ける。

「一応言っておくと、私はいつも君達を見てはいるけど、基本的に手は出さない。私は頑張る子が好きだからね。誰かに頼りきりになるような子は嫌いなんだ。分かるね？」

「……はい」

ウィルザードを頼るばかりになるなと釘を刺されたのだろうと気付き、アーニャは神妙に頷く。

水晶の中に映る神らしきものとしっかりと視線を合わせて。

神らしきものは、ニヤリと笑ってみせる。

「よろしい。あと、やっぱりスープは味があった方がいいと思うぜ？」

その言葉とともに、水晶の映像は突然消えた。

同時に、それまでなかったグツグツという音と匂いに気付き、全員が振り向く。

そこには転がっていたはずの鍋が元の位置に戻り、鍋いっぱいのスープが良い匂いを漂わせていた。

「え、ええ⁉」

「これは……か、神の奇跡⁉　すげえ……俺、本物の神にお会いしたのか⁉」

ボガードが目を丸くする。

「わーい、スープだ‼」

「元に戻ってる⁉」

洞窟の中で震え上がっていた子供達も、ボガードへの恐怖を忘れて駆け寄ってくる。

その様子を見て、ウィルザードは無言で水晶を仕舞った。

きっとさっきのは、どうせ食材を提供するなら塩か何かも出してやれよ、という、神らしきものからの皮肉だったのだろう。

しかし、あいつのことだから、きっと復活したスープにはすでに何かの味が付けられているに違いない。手は出さないと言ったが、いかにもそういう悪戯が好きそうな性格をしているよな——そう考え、ウィルザードは心中で苦笑した。

「ねえ、ウィルせんせ」

「ん？」

「今の、神様なの？」

一連のやり取りを間近で見ていたムルが、改めてウィルザードに問いかける。

「どうかな」

たぶん神だろうとはウィルザードも思う。しかし、ムルやアーニャ達が信仰しているであろう宗教的な神とは、大分違うもののはずだ。

「まあ、僕達に計り知れない存在であることは間違いないかな。とにかく、スープもできてるみたいだ。しっかり食べて明日に備えよう……ただしボガード、君はアーニャに一定以上の距離は近づくなよ」

「え、でも兄貴！」

「誰が兄貴だ、調子のいい奴め。埋めるぞ」

「すみませんでした！」

「ウィル！」

再度の土下座を始めるボガードをそのままに、ウィルは人数分の――ボガードの分も含めた――食器を魔法で作り出す。

こうして、少しのトラブルに見舞われはしたものの、久しぶりの美味しい食事にありつけ、アーニャも子供達も……ついでにボガードも笑顔になった。

「コンソメかよ……やり過ぎだろ。ここに存在する味なんだろうな……？」

そんな謎の呟きを残したウィルザードを除いて。

◆

食事が終われば、後片付けだ。普通の家庭であれば食器を洗って、棚に仕舞って……という手順になるのだろうが、この山に来てから食器など使っていなかったアーニャ達の場合は少し事情が異なる。

「んー……」

「何を悩んでるんだ？」

重ねた食器を前に悩んでいるアーニャの肩越しにウィルザードが覗き込む。

「ひゃあ!?」

「ぐうっ!?」

アーニャが叫んで飛び上がったため、激しいショルダータックルを顎に受けたウィルザードは仰向けに倒れる。

「ご、ごめん！　大丈夫？」

アーニャが謝りながら慌てて助け起こす。

「いや、いいんだ。僕も唐突だった……いたた」

「ほんっとごめん……急だったから、驚いちゃって」

「僕の方こそすまない。で、えーと……なんの話だったかな？」

言いながら、ウィルザードは食器に目を向ける。

食器は綺麗に重ねられているが、まだ洗っていないらしく、汚れが残っている。

ウィルザードは、すぐにその理由を察した。

「ひょっとして、水がないのか？」

「うーん。ない、わけじゃないけど……水場って強い人が縄張り（なわばり）にしてるから、結構トラブルになりやすいっていうか」

「なるほど」

アーニャの説明に、ウィルザードは頷く。

こんな場所でも――いや、こんな場所だからこそ、弱肉強食の原理が働いているということだろう。

台所に行って蛇口（じゃぐち）を捻れば水が出てくるわけではない。ここは科学が発達した社会とは違う文明の……しかも、山の中なのだ。

「と、すると魔法だな」

「ま、魔法？　ウィルがやってくれるの？」

「それでもいいんだが。どうせならアーニャ、君がやってみないか？」

ウィルザードが杖を差し出すと、アーニャはブンブンと首を横に振る。

「わ、私!?　そんな、魔法なんて使ったことないよ!?」

「おいおい、ムルは見よう見真似で使ったぞ？」

離れた場所で他の子供達と杖を振っているムルは、ウィルザードが手招きすると笑顔で走ってきた。

「どうしたの、ウィルせんせ」

「んー、ムルはいい子だって話さ」

「ん」

ウィルザードがムルを抱え上げると、他の子供達も駆け寄ってきてウィルに登ろうとする。

「ずるいずるーい！　私も！」

「僕も！」

「ま、待った！　君達全員はキツい！　僕が折れる！　ちょっと待った！　座るから！」

ぶら下がる子供達をなんとか降ろしたウィルザードは、胡坐（あぐら）をかいて座るが、結局次々とよじ登ってくる子供達に耐えられなくなり……ベチャリと潰れてしまう。

それすらも楽しいのか、無邪気な子供達は倒れたウィルザードに乗っかり始めるが……なんとか自由な手の先で、ウィルザードは杖をアーニャに向かって押し出す。

「さっきムルには言ったんだが……不可能なことなんて、この世に存在しない。できると信じることが魔法の第一歩なんだ」

「できる、と信じる……」

「具体的なコツだが……頭の中にイメージを描き、それを世界に引きずり出すんだ。そうだな……世界に無数に存在する色を混ぜ、絵を描くというのが近い表現かもしれない」

アーニャは少し悩んだ顔を見せたものの、恐る恐るといった様子で杖を手に取る。

ウィルザードがナイフを綺麗にしたように、杖を食器に向けて気合いを入れる。

「えっと……き、綺麗になーれ！」

すると、アーニャの願いが新たな魔法として発現し、食器が輝くように綺麗に……などということはなく。

何も起こらないまま、しばし時間だけが経過した。

「……えっと。ウィル？」

「うん、失敗だな。どのあたりで失敗したのかは要検証だけどね」

たぶん、具体的にどう綺麗にするのか、手順のイメージがなかったのが原因だろうと、ウィルザードはぼんやりと考える。

ウィルザードが予め魔法を創って道筋を示しておけば、ムルのようにもっと簡単に発動できたのかもしれないが……

「うーん、そうだなあ。ちょっと、待っていてくれるか？」

ウィルザードがどいてくれと促（うなが）すと、子供達は意外と素直（すなお）に離れていく。

なんとなく、彼が新しい魔法を使いそうだと悟（さと）ったのかもしれない。しかし、今からやるのはもう少しだけ高度なことだ。

ウィルザードは座り直すと両手を膝の上に乗せ、軽く天へと向ける。

「……さて。食器を綺麗にする魔法……か」

食器を綺麗にする。綺麗にするといっても、どのような過程で綺麗にするのか。

水で洗うのか。しかし水だけでは油汚れは落とせない。それに雑菌（ざっきん）も処理しないと、外見だけ綺麗にしても意味がない。

では汚れを分解するというのはどうか。しかし汚れの定義をどうすればいい。

ウィルザードの頭の中で、様々な道筋が描かれ、修正されていく。

それに呼応するように、彼の手元で無数の〝色〟が渦巻（うずま）き、混ざり……やがて、白色の球形になる。

「ど、どうしたの？」

それはやがて弾けるようにして消え……ウィルザードは、とても渋（しぶ）い表情を見せた。

「僕としたことが……失敗したな。思うような魔法ができなかった。意外に〝綺麗な食器〟の定義って難しいんだな。あ、いや。待てよ……食器を食事前の状態に戻す、というのはどうだろう？」

「ど、どうだろうって言われても。もうちょっと簡単に考えてもいいと思うんだけどなー」

アーニャがいくら突いても呼びかけても、ウィルザードは思考の世界に入ったまま帰ってこない。

どうしたものかと考え込むアーニャに……ボガードが遠慮がちに手を上げる。

「あのー、俺が洗ってきましょうか？　水場を縄張りにしてる奴は、ちょっと知ってるんで、皿を洗うくらいなら……」

「あ、えっと。それじゃ悪いけどお願いできるかな」

「うっす」

ボガードは食器を抱えて軽快に走っていく。

そんな二人のやり取りをよそに、ウィルザードは今できた失敗作の魔法の検証に没頭していた。

文字を覚えたての子供がオリジナル文字を作り出してしまうように、魔法の構成においても、意図したものと違う、よく分からない結果の魔法になることがある。

もちろん、世界に魔法として登録された時点で、ウィルザードにはそれがどんな魔法か理解できるのだが。

「……ところでさ、どんな魔法ができたの？」

「気になるかい？」

「んー、正直……見てみたいかも」

そうせがまれて、ウィルザードは少し考える。

できた魔法は、危険な魔法ではない。だが……この場で披露すると、たぶんアーニャは怒る。きっと凄く怒るだろう。

だが本人が見てみたいと言っているし、ウィルザード自身もこの変な魔法を試してみたい気持ちがある。

ならばこれは、いわゆる〝Win-Win〟の関係というやつではないだろうか？

そんな逃げ道を作って自分を納得させると、ウィルザードはにこやかに微笑む。

「ああ、分かったよ。こういう魔法だ……天罰のタライ」

「うきゃっ⁉」

コインと、実に可愛らしい音を立ててアーニャの頭に小さな何かがぶつかって転がる。

「え？　な、何？」

一体何事かとアーニャが付近を見回せば、そこには手の平ほどの小さな金属製のタライが転がっているのが見つかった。

ウィルザードはこの魔法を創る最中、桶やタライに水を張って皿を手洗いする方法を中途半端に検討してしまったため、失敗に繋がったのだ。

「お鍋……じゃないよね。桶かな？」

「タライだな、それは。しかし想像以上にショボいな……これではまるで使い物にならない」

「え、ちょっと待って。ウィルの想像だとどんな感じだったの？」

「あー……いや」

アーニャに詰め寄られたウィルザードは、自らの失言を悟って口ごもる。

「ウィル？」

まさかもうちょっと大きくて立派なタライが降ってくるものだと思っていたとは口が裂けても言えない。遥か太古の世界での伝統的ギャグなどと説明して理解してもらえるか不明だ。

「その、なんだ。もうちょっといい音が鳴ると思ったんだよ」

「ふーん？」

疑惑の眼差しで見てくるアーニャから目を逸らしつつ、ウィルザードは立ち上がる。

「さあ、そろそろ寝る準備をしよう！　明日は早いぞ！」

「あ、誤魔化した」

ウィルザードは聞こえなかったフリをしながら、子供達が寝床にしている洞窟へと向かう。想像通りではあるが、マトモな寝具どころか藁すらない洞窟の中は寒々しく、しかも狭い。もう少し奥行きがあればゆったりと眠れるだろうが……まあ、これからは隠れる心配などいらない。

「どうするの、ウィルせんせ」

「どうしたい？」

真っ先にやってきたムルの頭を撫でると、ウィルザードは問いかける。

ムルは優秀だが、最初からウィルザードに答えを求め、彼に頼って思考の方向性を定めるようになってしまうのは良くない。

良くも悪くも子供は影響されやすいから、自分で考えて提案をするクセをつける……といった辺りが、教育方針としては妥当（だとう）だろう。

「藁が欲しい、かな」

「なるほど、暖かそうだ。どれ……」

ウィルザードが無数の〝色〟を混ぜる様子を、ムルやアーニャ、子供達が、じっと覗き込む。さすがに彼女達がこの工程を見ただけで真似できるとは思わないが、魔法を創るとはこういうものなのだと知っておくことは重要だ。

それはいつか、魔法世界の発展への重要な布石になる。

「よし、できた。出てこい、藁の寝床（オラス・レドット）！」

ウィルザードが杖を振ると、洞窟の中にたっぷりの藁が出現する。寝具というよりは馬小屋といった感じだが、それを見たムル達は歓声をあげて洞窟の中に飛び込む。今までの寒々しい洞窟と比べると、天と地ほどの差だから仕方ないが……横を見てみれば、アーニャまで目を輝かせている。

「やっぱりウィルって凄い……！」

「いずれ、このくらいは誰でもできるようになるさ。たまたま僕が先んじているだけの話だ」

「でも、今はウィルしかできないんでしょ？」

「まあ、ね」

「なら、やっぱりウィルは凄いよ！　ありがと、ウィル！」

正面から純真な笑顔を向けてくるアーニャに、ウィルザードは照れたように曖昧な笑顔を返す。

ウィルザードの最終目的である魔王なる者との決戦からしてみれば、藁を出す魔法なんてものは最初の一歩にも程遠い。

しかし、不思議と悪い気分ではなかった。

「どういたしまして。で、明日の主役は君なんだ。そろそろ寝ておくといい」

「あ、そうだね……じゃあウィル、ほら！」

手を引くアーニャに抵抗できずに引っ張られながらも、ウィルザードは慌てて声をあげる。

「おいおい、まさか僕も中で寝ろっていうのか？」

「そうだよ？　そのためにこれ出したんでしょ？」

「いや、そうなんだが……」

子供ならともかく、立派な男であるウィルザードが同じ場所で寝ることに抵抗はないのだろうか。

とはいえ、それを彼の口から言い出すのも何か間違っているのでは——などと逡巡している間に、ウィルザードは完全に洞窟の中に引っ張り込まれてしまっていた。

そうなると、今さら出ていくのも変である。

ニコニコしているアーニャを見て、ウィルザードは小さく息を吐くと〝ま、いいか〟と呟いて寝転がった。

「どーん」

「ぐおっ⁉」

早速お腹に衝撃を受け、ウィルザードは身悶(みもだ)える。

「ほら、ダメでしょムル。ちゃんと藁を被(かぶ)って寝ないと」

「はーい」

アーニャに窘められたムルは、それでも嬉しそうにウィルザードの横に陣取って藁の中に潜(もぐ)り込む。

「なるほどな」

ウィルザードは思わず呟きを漏らす。

藁で寝たことなどないので気付かなかったが、上に寝っ転がるのではなく、ああやって間に潜れば掛け布団と敷布団(しきぶとん)の両方の代わりになるのか。

「ウィルも、風邪引かないようにね？」

「そうだな……まあ、僕はもう少し起きているから、今はこれでいいさ」

「むー。そう？」

「ああ」

頷くウィルザードにアーニャは仕方なさそうな顔をすると、ムルの横で藁を被って目を閉じた。

他の子供達はさらにその向こうで固まって寝ているが……皆実に幸せそうな寝顔だ。

たくさん食べて、たくさん寝て、大きく育つ。

それが本来の子供の仕事なのだが……それができない状況では、このリアースの文明の発展は望めない。

それでは困る。だからこそ……急がなければならない。

「おやすみ、ウィル」

「おやすみなさい、ウィルせんせ」

「ああ。おやすみ」

目を閉じる二人に笑顔を向けて、ウィルザードは杖を振る。洞窟の入口に侵入者を防ぐ柵(さく)ができたのを見届けて、彼もようやく目を閉じた。

この世界に来て最初の一日が終わろうとしている。

明日から忙しくなるのは確かだ。

体力のないこの体だ、しっかり寝ておかないといけない。

心地好(ここちよ)い眠りに誘われるウィルザードだったが……

「あ、あれ？　なんだこの柵。おーい、俺も入れてくださいよ！　藁の寝床で寝たいですよ！　ねえ、ちょっと……おーい！」

「……うるさい。子供達が起きるだろ……天罰(フールサンダー)のタライ」

「ぐへっ」

ゴイン。そんな鈍い音を立てて、帰ってきたボガードの頭に立派なタライが命中する。

「まあ、こんなものか」

魔法の修正結果に満足したウィルザードは、再び目を閉じて寝息を立てはじめた。

一方、強制的に寝かされたボガードではあるが……彼の上にもしっかりと藁がかけられたのは、食器をちゃんと洗ってきた彼が受け取るべき正当な報酬であるだろう。

◆

……ウィルザード達がいる洞窟とは少し離れた場所。

山の頂上付近には、立派なテントが幾つか設置されていた。

あちこちに灯された明かりが周囲を明るく照らし、刺々しい鎧を纏った騎士が何人か見張りに立っている。

その奥……山頂は昼間ほどとは言わないが、一際明るく輝いていた。しかし、それは篝火によるものではない。

「……なぜだ。なぜ抜けん」

輝きの原因である祭壇に突き刺さった剣の前で、一人の巨漢が椅子に座っていた。

男の印象は、一言で言えば粗暴。茶色の髪をオールバックにして乱雑にまとめ、髭を蓄えた男の顔は、獣じみた印象を一層強調する。

身につけた装備品も他の騎士達と比べると立派で、黒い鎧には厳めしい棘の装飾が施されている。傍らに立てかけられた剣は男専用のものなのか、その巨体に見合う大きさで、飾り物ではない、使い込まれた印象を放つ。

そんな男の剣からしてみれば、祭壇の剣は随分頼りなく見える。しかし、男は愛剣よりも遥かに執着の篭もった視線をそれに向けていた。

そう、この祭壇の剣こそは、選定の剣。

そしてこの大男こそが、蛮王ベイガンである。

突然世界中に知らされた選定の剣の神託は、当然ベイガンにも届いていた。こんな場所に選定の剣があると気付いたのは偶然だったが、それこそが自らを王たらしめんとする神の意思であると、彼は受け取っていた。

だからこそ、彼には理解できない。

ゆっくりと椅子から立ち上がり、祭壇へと近づく。そしてしっかりと、剣に手をかけて――

「ぐ、ぬ……ぐうううううう！」

腕の一振りで大人の男を簡単に弾き飛ばし、骨をへし折るベイガンの全力でも、選定の剣はピクリとも動かない。

祭壇ごと引っこ抜いてやろうという勢いで力を込めているにもかかわらず、剣はまるで大地に根を生やしているかのように、微動だにしないのだ。

それでもベイガンは剣を引く手に力を込め……やがて、荒い息と共に手を放す。

彼は選定の剣を見据えて叫ぶ。

「なぜだ……なぜ俺を認めん！　真の王たる器は俺しかいないはず！　この乱世を治めるは力をおいて他になく、故に力ある者こそ正義、そして最強は俺だ！　どこに不満がある！」

再度選定の剣に手をかけるも、やはり剣は抜けない。〝お前を王とは認めない〟と言われたようで……ベイガンは天を睨み付ける。

「神よ……これはなんの試練だ!?　まだ俺の力が足りないというのか！　超えるべき何かがあるとでも!?　ここに剣を遣わせたということは、俺を選んだはずだ！　だというのに……！」

いくら叫んでも、剣が抜ける気配はない。

彼は許せなかった。なぜ自分が選ばれないのか。

これまで、何人も何十人も叩き潰してきた。優人よりも身体能力が高いとされる獣人だって、結局彼と比べれば取るに足らない弱者でしかなかった。

強い者こそが正義。強者こそが支配者。

それはベイガンが刻んできた真実だ。

「ならば、もう二、三の国を潰せば俺を認めるか、剣よ……」

選定の剣は答えない。

誰かを呼び寄せるかのように夜空に煌々と光を放つ選定の剣に、ベイガンの苛立ちは募るばかり。

お前ではない。自分が呼んでいるのはお前ではない──剣にそう言われている気がして、ベイガンは怒りの叫びを上げる。

「真の王は俺だ！　お前がそれを認めぬつもりなら、俺以外の王を全て叩き潰してくれる。そうすれば、お前も俺を認めざるをえまい！」

神から認められし真の王。

この乱世においては誰もが欲しがる称号だ。

自分こそ真の王なりと剣を掲げ、他の国を従えたい。それは蛮王と呼ばれ、恐れられるベイガンも同じであった。

しかし……ベイガンは本質的に力の信奉者であった。

だからこそ、彼は選定の剣の権威によって他者を従えようとは思っていない。むしろ彼は、そのような選定の剣による認定を求める数多の者達とは違い、純粋に選定の剣を、自らの力の証として見ていた。

最強の王、すなわち真の王たる自分が掲げるべき剣であり、証。

言わば……王冠。

神がこの選定の剣に与えた名が〝クラウンソード〟であることからも、ベイガンの認識は核心を突いていた。その点において、彼は他の有象無象よりも王の資質を持っていると言えるだろう。

だが、それでも選定の剣を……クラウンソードを引き抜けるのはベイガンではない。

真の王たる資質を持つ者を、クラウンソードは待ち続けていた。

◆

翌朝。アーニャ達はクラウンソードを目指して山中を進んでいた。

幸いにも、光の柱があるのでクラウンソードのある場所を見失うことはないが……念のためということで、ウィルザードは道案内の魔法を作り出していた。

彼の目の前には赤い矢印が浮かび、一行はそれが示す方向へと歩いている。

「えっと、ウィルの兄貴……その変な矢印って一体なんなんですかね」

ボガードの質問に、ウィルザードは少し自慢げに答える。

「これか？　方向指示の魔法だ。この赤い矢印の示す先に向かえば、大体それっぽい場所に着く。音声ガイド付きで、なかなかの自信作だ」

ちなみに、この魔法の発想の元になったのは、アースに存在した道案内の機械だ。知らない場所にも辿り着ける魔法を……と考えた時に思いついたのがそれだったのだが、このような不案内な土地を歩く場合、思ったよりも便利な魔法になったとウィルザードは自負している。

「それっぽい場所って、そんな――」

　ボガードが言いかけた台詞を遮るかのように、矢印からポーンと警告音が鳴る。

「コノ先、傾斜ガ激シクナッテイマス。ゴ注意クダサイ」

「……嫌だなあ。あんまり道が険しいと僕が死ぬぞ？　ナビ、迂回路はないのか？」

「勾配ガ緩ヤカナ道ハ、地盤ガ崩レヤスクナッテイテ、滑落ノ危険性ガ――」

「分かった、もういい」

　ここまでの道のりで、ウィルザードは少ない体力を限界近くまで使っている。

　体力がないならば鍛えろという話なのかもしれないが、今すぐにできることでもないし、下手に筋トレなどすると肉体が負荷に耐えきれず、瀕死になりかねない。

「ウィルせんせ。私がおんぶしようか……」

　ムルがウィルの前に立って振り返る。

「いや、さすがにそれは僕の心が死ぬ。アーニャ、恐らくは我が王。今こそ君の魔法使いを助ける時だとは思わないか？」

　アーニャは呆れたようにため息をつく。

「ウィルってば、本当に体力ないよね……ていうか、ボガードじゃダメなの？」

「……なんか硬そうで嫌だな」

「ボガード、ウィルを背負ってあげて」

不平をこぼすウィルザードを無視して、アーニャが命令する。

「ヘイ、姉御(あねご)」

素早い動きでウィルザードを背負い、ボガードが歩き出すと、ウィルザードの水晶が声を発する。

「ポーン。この虚弱男、デリカシーが欠如(けつじょ)しております。ご注意ください」

神らしきものの仕業(しわざ)だ。

「おい、神。勝手に水晶を起動させるな」

先程から神らしきものはこっそりナビのフリをしてウィルザード達を混乱させる遊びに興(きょう)じていた。

ウィルザードは水晶を取り出して睨み付けるが……水晶の中の神らしきものの姿は掻き消える。

「そういえば……その神様ってお名前はなんて言うんすかね」

そんなボガードの言葉に、アーニャや子供達も興味津々といった様子で視線を向ける。

「きっと〝始まりの獣〟だよ！　ほら、えーと」

子供達の一人が口火を切ると、議論が白熱しだした。

「ヴェルフェルク？」

「でもヴェルフェルクは見たこともないような姿をしてるって……」

「なんか、女の人みたいで、あんまり獣っぽくないよね」

口々に子供達は言い合うが、ウィルザードには、その〝始まりの獣ヴェルフェルク〟が如何(いか)なるものか分からない。

それを察したのか、アーニャはボガードに背負われたウィルザードの横に来て説明をはじめた。

「えーとね。始まりの獣ヴェルフェルクっていうのは……私達獣人を生み出した神様なの」

「へえ」

始まりの獣ヴェルフェルク。それは、獣人に代々伝わる神話に登場する神だ。

簡単にまとめると、全ての獣の特徴を備えたヴェルフェルクは、大地に降り立ち、自分の力を世界に分け与えることで様々な生き物を創った――というものである。

神話の中で獣人は、人と獣の間に立つヴェルフェルクの御子たる存在と定義づけられている。

「ヴェルフェルクの御力は天と地に満ちて、それが大地の恵みとなってる……って、神官さんからよく聞かされたよ」

「で、優人どもが崇(あが)めているのが〝創造神ガルタ〟っすね。ソレが世界を創って、優人を創って、奴らに従う存在として他の生き物を生み出したって話らしいっす」

アーニャとボガードの説明に、ウィルザードは再度〝へえ〟と頷く。

どちらも結局は自分達を神に近い最上位の存在として置いているのは変わらないが、そこを突っ込むのは野暮(やぼ)というものだ。

そもそも、ウィルザードも例の黒ドレスの少女を〝神らしきもの〟と認識してはいるが、名前を聞いた覚えはない。

そんな折、水晶が薄ぼんやりと光りはじめ、ウィルザードは嫌な予感がして覗き込む。

そこにはなぜか猫耳のヘアバンドを片手に真剣に悩んでいる様子の神らしきものの姿が見えて、彼は無言で水晶を懐に仕舞い直した。

「……まあ、名前なんていいんじゃないのか。神様、で通じるだろ？」

「そりゃそうかもしれないけど……」

「ウィルの兄貴。せっかく神様とお話できるんですから、真のお名前を知りたいと思うじゃないっすか」

アーニャとボガードは納得いかない様子で不平を漏らす。

「ならば、私のことはアルダン、と呼べばいいさ」

二人に応えるように、水晶から声が聞こえてくる。

ウィルザードは仕方なしに懐の水晶をちらりと見たが、直視に堪えかねてすぐに仕舞い込む。

始まりの獣のつもりだろうか。猫耳ヘアバンドだけではなく、つけ尻尾まで装着している姿はどう見ても悪ふざけとしか思えない。

どうしてそういうところにこだわろうとするのか、そもそも、どうやってつけているのか、ウィルザードは理解したくもなかった。

「アルダン様、ですか？」

ボガードは聞き覚えのない名に首を捻る。

「そうそう。ウィルザード・マーリンの母みたいなものだしね。君達の前ではそう名乗るのが適当だろうさ」

「母、って……ええっ!? じゃあウィルの兄貴は神の御子(みこ)ってことですか!?」

「そんなものになった覚えはないし、あんな母親はちょっとな……」

せめて、その作り物の猫耳と尻尾は外してくれ、と言外の意味を込めて呟くと、懐の水晶からは〝反抗期か……〟などと返ってくる。

同時に、ウィルの手前に浮いている矢印がポーンと音を鳴らした。

「マモナク、目的地ノ近クデス。効果ヲ終了シマス」

小さな煙(けむり)と共に矢印は消失し、全員が無言になる。

そして、水晶の中からも光が消えた。

いよいよ目的地の近くに辿り着いたことを示すように、選定の剣の放つ光が強く見えてきている。

蛮王の騎士の姿はないが、近くにいるのは間違いないし、下手をすれば巡回(じゅんかい)中の者と鉢合(はちあ)わせ、なんてことも有り得る。

「……たぶん、こっち側は大丈夫っすよ」

「何を根拠に」

あっけらかんと言い放つボガードに、ウィルザードが問いかける。

「反対側に、少し開けた場所があるんすよ。騎士連中はそっちにテント張ってるっていう噂なんで。

「それに……」

「それに？」

「……蛮王は過度の護衛は嫌がるって聞いたことがあるっす。自分が一番強いって思ってるから、向かってくる奴を全て正面から叩き潰すのが好きだって……」

ボガードの言うことは所詮(しょせん)ただの噂であり、頭から信じるのは危うい。

だが、蛮王がそういう男なのであれば、非常にやりやすい。たぶん選定の剣の近くに多くの騎士を配するようなことはないだろう。

むしろ、一番強い自分こそが最大の守護者だと信じて、自ら挑戦者を撃退しているかもしれない。

となれば、話は簡単。ウィルザードはボガードの背から降りると、杖を構えなおす。

「ボガード、お前はここで子供達を見ておけ」

あまり離れた場所に残していくと山の中に潜(ひそ)む連中に襲われる危険性があるので連れてきたが、少しの間であれば、ここでボガードに守らせるだけで事足りる。

蛮王が一人で戦うことを好むというなら、早々にけりをつけてしまうのが良いだろう。

もっとも、元々襲撃者であったボガードが裏切る危険性もあるにはある。だが、得てしてこういうタイプは単純であるが故に扱いやすいものだ。

「分かっているとは思うが、真の王はアーニャだ。その大切な家族である子供達をしっかり守るということの意味……説明するまでもないな？」

「うっす。俺に任せてください」

ボガードは胸をドンと叩いて、得意げにアピールする。

ウィルザードはそれに頷いて応えると、アーニャに向き直って重々しく口を開いた。

「さて、アーニャ。いよいよ〝その時〟が来た。覚悟はできてるか？」

「う、うん。ここまで来ちゃったんだもん、ね……」

「そうだ。ここから先は後戻りなんてできない。だが、覚悟さえ決めてくれたなら、僕が万全にサポートする。蛮王とやらに君の王威(おうい)を見せつけてやるといい」

といっても、アーニャは今日この日まで一般人でしかなかった。

鍛え上げた蛮王に力で敵う道理はなく、素早さや身のこなしで勝負しても対抗できるかどうか。

一般的に獣人は優人に身体能力で勝(まさ)るそうだが、鍛えている者と鍛えていない者では明確な差が生まれてしまうのは必至。

だからこそ……最初に向かうのは、アーニャではない。

「では、手筈(てはず)通りに。行くぞ、アーニャ」

そう言うと、ウィルザードは空に向けて光を放つ選定の剣のもとへと歩き出す。

生(お)い茂る木々をかきわけて傾斜を登り、蛮王達とは反対側……すなわち選定の剣の祭壇の裏側から、ウィルザードはその場に姿を現した。

祭壇の周囲は木が切り倒され、切り株も掘り起こされており、しっかりと整地された広場になっていた。

背後から突然現れたウィルザードに気付き、椅子に座ってパンを齧っていた蛮王は、思わずパンを取り落とす。

そしてそれは、蛮王の近くで給仕をしていた従者も同様で、優人らしき男にギョッとした視線を向ける。

蛮王が……ベイガンがこの場にいるとあからさまに誇示しているというのに、堂々とこの場所に現れる者がいるとは思わなかったのだ。

しかし騎士を呼ぶことはしない。それをベイガンが嫌がることは知っているし、機嫌を損ねて飛ぶのは自分の首だ。

「ベ……ベイガン様」

蛮王の不興を買うと分かっていて、それでもこの場に現れたこの優人は何者か。

ベイガンは従者に一瞥くれると、ゆっくりと椅子から立ち上がり、この山に隠れ住んでいる落伍者の獣人とは明らかに違う男に誰何する。

「……その剣に触れれば殺す。そしてお前は何者だ。疾く答えろ」

蛮王が放つ殺気に、従者がブルリと震える。

突然出てきた男もさぞや怯えているだろうと思い、視線を向けた従者は驚きに目を見開く。

男は悠然とした態度を崩さず堂々とベイガンの前に立っている。

ベイガンは男がどこかの王族か何かだと判断した。

服の仕立ては良いが、格好からすれば騎士には見えないし、それなりに金を持っている身分の者とみて間違いはないはずだ。

しかしウィルザードは……その予想とは全く異なる名乗りをする。

「僕はウィルザード。ウィルザード・マーリン。真の王を導く魔法使いだ」

魔法使い。おかしな儀式をやって、わけの分からぬ現象を引き起こす祈祷師の類である。

彼はそんな連中を尊敬したことなどないが、何か不思議な力を持っているという認識は持っていた。

自分の前に現れて〝真の王を導く〟などと宣う男は……平時の彼であれば叩き潰していただろう。

しかし、ベイガンはその表情を喜色に染める。

今この場にあっては、ウィルザードこそ自分が剣を引き抜くための最後の鍵に見えたのだ。

「そうか……そうか！　真の王を導く、か。そのためにこの俺の……真の王ベイガンの前に現れたというわけだな！　で、どうすればいい。何か祈りでも捧げればいいのか？」

「王⁉　こんな怪しげな祈祷師など」

「黙れ」

「ヒッ！」

口を挟んだ従者を一喝すると、ベイガンはすぐウィルザードへと視線を戻し、剣に歩み寄ろうとする。

しかし、ウィルザードが選定の剣の祭壇の前に立ち塞がるように移動したのを見て顔を顰める。

「どうした。なぜ道を塞ぐ。ああ、そうか。臣下の礼をとろうというのか？　そんなものは後でいい。今は——」

「いや、すまない。誤解があるようだ」

「……誤解？」

「ああ。僕は確かに真の王を導く魔法使いだが……君を導きに来たわけじゃあない」

その言葉が、ベイガンには理解できなかった。いや、理解したくなかったと言うべきか。彼の脳が理解することを拒否したのだ。

「……今、なんと言った」

ベイガンのこめかみがピクリと動く。

「真の王は君ではないと言った。蛮王ベイガン、君は確かに王かもしれない。しかし、この場に留まっているということは……剣を抜けなかったんだろう？」

「それは！　準備が足りていないからだ！　俺が剣を抜くために必要な何かが、一欠片が足りていない！　それさえどうにかすれば剣は俺の……！」

「君のものにはならない。準備とか、そういう話じゃないんだベイガン。これは単純に素質の話だ。試して抜けないなら、それでおしまいさ。こんな所で油を売っていないで、君は速やかに帰るべきだ」

淡々と告げるウィルザードに、ベイガンの額に青筋が浮かぶ。

――有り得ない。自分こそが真の王であるというのに、この男は何を言っているのか。所詮、魔法使いなどと名乗る者は詐欺師ということか。

いや、あるいは他国の王が放った間諜かもしれない。主のために自分をここから遠ざけようとしているのだ。

「……剣を持て」

ベイガンが厳かに告げる。

「は、はい！」

従者は立てかけてあった剣を慌てて外し、その重量にふらつきながらも鞘ごとベイガンのもとへと運ぶ。

「……撤回するなら今のうちだ。お前が詐欺師でも間諜でも構わんが、俺が真の王ではないとは、聞き流すことはできん」

ベイガンは受け取った剣をゆっくりと鞘から抜き放つ。

「何度でも言おう。一度試して抜けないならば、その剣は永遠に抜けない。才能や資質を絶対視するつもりはないが、これは儀式。〝そういうモノ〟なんだ」

「ならば、ソレは神託にあった選定の剣ではないということだ」

「それも違う。これが選定の剣だ。自分でも分かっているんだろう？」

ウィルザードの言葉に、ベイガンは舌打ちをする。

そうだ、分かっている。だからこそ、この剣にこだわっているのだ。自分が得るべき剣だと思っているが故に、こんな山の中でいつまでも野営をしている。

「これが選定の剣だとして、ではお前はなぜこの場に現れた。俺を導くためではないというのであれば……。待て、さっきからこちらを覗いている獣人の小娘はなんだ？　……おい、まさか」

「はぁ……何してるんだ、君は」

ビクビクしながら木の陰から覗いていたアーニャを振り返り、ウィルザードはため息交じりの声をかける。

確かに、この蛮王なる男は、想像していたよりもずっと大男で、凶暴そうな雰囲気がある。アーニャにとっては明確な恐怖の対象なのだろうが、いつまでも隠れていられては困る。

彼女には、このベイガンを乗り越えてもらわなければいけないのだ。

「紹介しよう。彼女もまた選定の剣への挑戦者。名をアーニャという。さて、まさか挑戦を邪魔するとは言うまいね。君が自身を真の王と認識しているのであれば、度量を見せてくれ。彼女の挑戦如き、なんでもないはずだ」

「……確かに、小娘一人、なんでもないことだ」

「そうだろう？」

「だが、ダメだ」

そう言って、ベイガンは目を細める。

ウィルザードが言った通り、剣に挑戦されること自体はなんでもない。

選定の剣を引き抜くのは自分なのだから、他の有象無象が引き抜けるなんてことは有り得ない。

ベイガンはそう思っていた。

だが、ダメなのだ。なぜならば……

「それは俺の剣だ。俺より弱い者が触れれば、穢れる。故に、触れることを禁じる。弱い獣人如きが触れていいものではない」

「君のものではないと言ったはずだけどね？　それは真の王の持ち物だ」

「言い残す台詞はそれでいいな？」

そう言って凄むベイガンに、ウィルザードは不敵に笑って応じる。

「いいわけないだろう。……身体強化」

ドガン、と。地面が爆発するような勢いで跳んだベイガンは、大剣を振りかぶる。

自分の機嫌を損ねた罪は、真っ二つにする程度では償えない。しかしまあ、多少の憂さ晴らしにはなるだろう。そう考え、慣れた作業のように大剣を振り下ろす。

人も大木も岩塊も、彼の目の前に立ち塞がるモノはこれで消えてなくなる。

しかし次の瞬間、ベイガンは驚きに目を見開く。

「ぐ……重っ……これは想像以上にきっついぞ……！」

リュート以上に重たいものを持ったこともなさそうな優男が……しかもただの木製の杖一本で、ベイガンの一撃を受け止めているのだ。

有り得ない。

真っ二つにするつもりで振り下ろしたのだ。杖ごと両断されていなければおかしいし、たとえ杖が金属を仕込んだ特別製であったとしても、杖ごと弾き飛ばされるか潰されていなければおかしい。

ベイガンは凝視し、そして気付く。

「……なんだ、それは」

ウィルザードの体を覆う輝き。キラキラとした神秘的な光がウィルザードの秘密であると、ベイガンは直感した。

「僕は魔法使いだって言っただろう？　このくらいはお手の物……さ！」

「ぬうっ！」

ベイガンの大剣を弾いたウィルザードは、しかしゼイゼイと荒い息を吐く。

身体強化魔法——強化(パワード)。ウィルザードがこれを全力で使えば、子供より弱い彼でも一流の戦士のような身体能力を発揮できる。

ベイガンの強烈な一撃を防げたのもこれのおかげだ。それでも、元々体が弱いウィルザードでは限度があるし、持久力も心許(こころもと)ない。今の一撃で大分体力を削られてしまったので、恐らくそう何度も防げそうにはなかった。

だが、ハッタリにはこれで充分だ。

事実、ベイガンは驚愕し、ウィルザードをじっと見つめている。

「……魔法使いウィルザード、だったか」

「ああ」

ベイガンは唐突に大剣を地面に突き刺すと、ウィルザードに手を差し出した。

「俺に足りないのはお前だ。お前の魔法とやらを、俺のために使え」

意外な言葉を受け、ウィルザードはベイガンの評価をわずかに上方修正した。

蛮王などと荒々しい異名で呼ばれ、その名に違わぬ姿と短気であるが、一度敵と定めた者の能力を認め、素直にこういうことを言える者はなかなかいない。

その点において、ベイガンは確かに王に相応しい資質を備えていた。

「悪くない誘いだがね」

言いながら、ウィルザードは背後へと視線を向ける。

「僕の王は……恐らくではあるが、決まっている。故に、そのお誘いは辞退しよう」

一方アーニャは、蛮王と戦うウィルザードを見ながら、恐る恐る……一歩ずつ、選定の剣に向かって歩いていた。

目の前で輝くソレが、本当に自分に抜けるのか。

あの恐ろしく強そうな蛮王ですら抜けなかった剣なのに。

そんな迷いを抱きながら、アーニャは選定の剣の前に辿り着く。

そこに、蛮王の言葉が響いた。

「無理だ。あの小娘に剣が抜けるはずがない。王の素質など微塵も感じられん」

そう、そうだ。

アーニャは自分がただの小娘でしかないと知っている。

人を導く方法なんて知りもしない。簡単な計算がやっとできるくらいの学しかない。王様になるなんて、夢に見たこともなかった。

「不可能だ。そんな夢を見るのはやめて俺に従え、ウィルザード。真の王は俺だ」

そうだ。アーニャが王様になるなんて、きっと。

「いいや、まだ試してもいないのに、不可能だなどとなぜ分かる？」

ウィルザードの言葉が、アーニャの思考を止めた。

不可能なんて、この世に存在しない。昨日彼はそう言った。

信じることが。信じることこそが――

「信じることこそが、全ての第一歩だ。力のみを信奉し、他を認めない君の狭量さが、真の王足りえない最大の理由だ」

「……言ったな、ウィルザード！」

「ああ。言おう！　強さは王の魅力ではあるが、絶対条件ではない！　アーニャ、やれ！　僕は君を信じよう！」

ウィルザードが力強く断言すると同時に、ベイガンが走り出す。

「触るな小娘！　それは俺の剣だ！」

ウィルザードはアーニャに向かっていくベイガンを止めようとするが……呆気（あっけ）なく弾き飛ばされる。

すでに肉体の限界が来ていたのだ。

ベイガンがアーニャのもとに辿り着くまで、数秒もない。

だが、アーニャの覚悟は決まっていた。

魔法使いの言葉が……アーニャに足りなかったほんの少しの勇気を補強した。

……剣に、手を。

剣を、手に！

まるで待ち望んでいたと叫ぶかのように、剣は引き抜かれ、ギイイインと音を鳴らし、天へと一際強い光を放つ。

「う、おおおおおおおおおお!?」

アーニャへと駆け寄ろうとしていたベイガンは思わず足を止め、剣を高く掲げるアーニャの姿を見る。

自分がどうやっても抜けなかった選定の剣。それが今、高く掲げられている。

見るからに非力で脆弱な、獣人の小娘によって。

「馬鹿な。有り得ん、絶対に有り得ん……！　それは俺の剣だ。なぜそんな小娘に……！」

ベイガンは歯噛みする。そしてハッとしたようにウィルザードを振り返った。

「お前か、ウィルザード！　お前が……お前がその魔法とやらで、あの小娘に何かしたんだな!?」

「僕は何もしていない。僕がしたことは、彼女を信じることくらいだ」

「……認めん！　認めんぞ!!」

そう、認められるはずがない。真の王は自分であるはずなのだ。であるならば、あれは簒奪だ。

あの小娘は、簒奪者なのだ。

「その剣を……返せぇぇえ！」

走る。振りかぶる。アーニャを真っ二つにして、選定の剣を取り戻せばいい。

あとたった一歩で届く、その距離は——

「絶対……絶対に、やだあああああああああああああああ!!」

——剣を掲げて叫ぶアーニャの放つ光に、遮られた。

眩いだけではない、物理的な圧力をも秘めた光。

ベイガンは動けない。

たった一歩が、届かない。

「この剣は……それからウィルも、私のだもん！」

「小娘……！　貴様、そんなくだらん理由で！」

「貴方なんかにあげない！　力が全てなんて、そんな王様、私は認めない！　私の方が……私の方が、ずっと良い王様になれるもの！」

「ふざけるな……貴様如きが、どんな王になるというつもりだ！」

「幸せな国を作る！　そんな国の王様になる！」

「世迷言（よまいごと）をおおお！」

世迷言でもいい。でも、できると信じる。信じることが全ての第一歩なら、アーニャはそれができると信じると決めた。

ウィルザードが信じてくれるなら。彼女の魔法使いが信じてくれるなら。アーニャは信じられる。

「貴方なんか……どっか、行っちゃえええええええええ！」

「う、ぐおおおおお!?」

光が勢いを増し、ベイガンのみを弾き飛ばす。

たった数歩程度の距離ではあるが……それが今は永遠に匹敵（ひってき）することを、ベイガンは理解する。

体に力が入らない。自分の肉体が、まるで新兵のように頼りないと感じる。

光を浴びて、一時的に何かを奪われたのかもしれない。

ならば、今は……勝てない。

「……なるほど。この場はお前に剣を預けるしかないようだ」

突如溢れた光と戦いの音に気付き、騎士達が慌てて走ってくる。

しかしベイガンは腕を広げて騎士達を留めると、立ち上がって身を翻す。

今はいい。しかし、真の王はやはり自分だ――彼の目はそう語っていた。

「その剣はいずれ必ず取り戻す。小娘……それまでせいぜい王様ごっこを楽しむんだな。行くぞ！」

退却の号令を受けて、アーニャと剣を驚きの表情で見ていた騎士達は慌てて踵を返し、主に従う。

彼らは、ここで何があったのか理解できていない様子である。だが……この瞬間に、何かが始まったという漠然とした予感に、身を固くしていた。

「……ふ、へえ」

「なかなか良い啖呵だったぞ、アーニャ。恐らくは――いや、我が王。君の真の王たる証明は、確かに成された」

ウィルザードはアーニャの手の中の剣を見る。

それは、形状としては比較的シンプルな片手剣。銀色の刀身は磨き抜かれた鏡のような美しさがあり、複雑な装飾の施された柄は鈍い輝きを放っている。

一見装飾中心の儀礼剣のようにも見えるが、ウィルザードには剣に込められた尋常ではない魔力が見える。ビリビリとした威圧感すら放つその剣には、心の弱い者であれば近づくことすら躊躇うだろう。

その剣を今、アーニャは気負いもせずに握っている。

「……ここに、王の選定は成った」

水晶から、そしてウィルザードの頭の中に、同時に神の少女の声が響いた。

アーニャの掲げるクラウンソードから、再び天へと光が放たれ、強烈な光の柱となったそれはアーニャをも包み込んだ。

……やがて光が収まると、へたりこんだアーニャの手の中にはクラウンソードが残っていた。

そう、これは神託。

クラウンソードがこの世界に現れた時と同じく、全世界の人々に、神の声が響いたのだ。

この声を聞き、誰もが剣を引き抜いた者を……アーニャを探すだろう。

剣を奪おうという者もいるだろう。

今日、この日。魔法使いウィルザードに導かれた獣人の少女アーニャは……二度と戻れない道へと、足を踏み入れたのだ。

「……ふう」

とりあえず終わったことを理解して、ウィルザードは座り込む。

もとより体力は限界で、身体強化魔法の力で体を無理やり動かしているに過ぎない。この魔法を解くと同時に、身動きも取れずに倒れ込むのは必至。そうなる前に彼は座ったわけだが……そのウィルザードに、じっとアーニャの視線が突き刺さる。

「あー……どうしたんだ？　我が王」

「その我が王っていうのやめて。〝アーニャ〟でいいよ」

「そうか？」

「うん、なんか尻尾がムズムズする」

ウィルザードには尻尾がないからその感覚は分からないが、まあなんとなく落ち着かないみたいな表現なのは理解できた。

「ああ、分かったよ、アーニャ」

「うん」

嬉しそうに返事をするアーニャに苦笑しつつウィルザードは再びクラウンソードへと視線を移す。

祭壇には鞘がセットで置いてあったわけではないので、今は抜き身のままだ。

「……その剣の鞘も用意しないといけないな。僕が君にピッタリの何かを考えよう」

「え、いいの!?」

「ああ。どんなのがいい？」

「えっと、えっと……」

アーニャは興奮した顔で悩みはじめ、手元のクラウンソードを眺めながら唸ってみたり、果ては地面に突き刺して周囲を回ったりしはじめる。

「そんなに鞘が嬉しいものかな……」

ウィルザードは苦笑しながらその様子を見守る。

彼が知る女の子とは、もうちょっとフワフワした可愛い物や、キラキラして綺麗な物を好むイメージがあったため、不思議に思ったのだ。

しかし彼は、〝ウィルザードがアーニャのために〟鞘を用意してくれるから嬉しいのだという事実には思い至らなかった。

「まだまだ子供……ってことかな」

「ちょっと、ウィル。何それ!?」

「ん？　たいしたことじゃないさ。我が王はレディには遠いな、と思ってね」

盛大にズレたことを言うウィルザードに、アーニャの顔には不満の色がありありと浮かぶ。

「……ウィルのばーか」

「いきなりなんだよ。まあ、とにかく鞘のデザインを考えておいてくれ。今作るのは、ちょっとキツそうだ」

「あ、うん」

アーニャは地面に刺していたクラウンソードを見る。

抜き身の剣を、どうやって持ち歩こうか。さすがに手に持って歩くというのは少し物騒かな――

などと考えていると、突然クラウンソードが光となって弾けた。

「あ、え!?　わ、私が地面に刺したから!?」

混乱するアーニャの目の前で光はアーニャの頭部に集まり、銀色のサークレットと化した。

アーニャは驚きつつも自分の頭部に収まったサークレットを触って確かめる。

「クラウンソード、か。なるほど。文字通りにクラウンだったというわけだ。これなら、鞘は必要ないな」

ウィルザードは納得したように頷く。

「こ、これ元に戻るんだよね？　あ、でも……戻ったとしても、いきなり変化して私の頭に刺さったりしないよね⁉」

「そんな欠陥品みたいなことは起こらないと思うけど……気になるなら、やってみたらどうだ？」

「え？　う、うん。えーっと……名前を呼べば良いのかな？　クラウンソード、お願い！」

アーニャが叫ぶと、サークレットは再び光と化してアーニャの手の中に集まり、元の剣の形に変化した。

手の中のずっしりとした感触に思わずアーニャは〝おー〟と呟き、嬉しそうに構える。

「凄い！　私の言うこと聞いてくれるんだ！」

「そりゃあ、君の剣だからな。僕も手間が減って助かったよ」

「え？　あ……それはそれとして、鞘は欲しいんだけど……」

アーニャが〝戻れ〟と唱えると、クラウンソードは再びサークレットになって彼女の頭に収まった。

「まあ、それについては後で考えるとしてだ」

「えー……」

「とりあえず、緊急の事案がある」

残念そうに耳をペタンとさせていたアーニャだったが、ウィルザードが真剣な様子だったので、思わず居住まいを正して彼の前に座った。

蛮王を撃退した今、緊急事態とは。一体何が起るのかとアーニャは身構えたわけだが……ウィルザードが続けた一言は――

「僕が限界だ」

――であった。

「……え？」

「元々僕はゼンマイの玩具（おもちゃ）より全力稼働時間が短いのだが、それを強化魔法で無理やり動かしていた」

「う、うん？」

「そこにきて、あのパワー馬鹿と打ち合ったせいで、たぶん筋肉痛が酷い」

「たぶんって」

「強化魔法で今はなんとかなっているけど、体に無理させてるからな。これを解いた瞬間、僕は一歩も動けなくなる」

「えーと……うん？」

アーニャはいまいちウィルザードが語る言葉の切迫感が理解できず、釈然としない様子で首を傾げる。

「つまり、あとはよろしく頼む」

そう言って、ウィルザードは上半身をアーニャに預けてパタリと倒れてしまった。

ぐったりとした体は予想より重かったが、アーニャ一人でなんとかならないほどではない。

――ない、のだが。

「……さっきはカッコよかったのになあ」

うんうん唸っているウィルザードの背中をポンと叩く。

アーニャは彼の細い体に手を回し、どう持とうかと悩む。このまま持ち上げるなら、背中と足を持って体を支える……いわゆるお姫様抱っこが楽そうだ。しかしそれをやるのは女子として何かが間違っている気がする。

となると、背負うことになるが……

「んー……うー、ウィル、ちょっとは動けない？」

「うーん」

いくら問いかけても唸り声しか返ってこない。

アーニャはため息をつきながらもぞもぞと体を動かして、なんとかウィルザードを背負う。

「……どの道、これはこれで女の子として間違ってる気がする……」

そう言いながらも、アーニャはおかしくなってつい笑ってしまう。

ほんのちょっと前までは、その日を生きることに精一杯だったのに、今は女の子としてどうとか……そんな他愛もないことを考える余裕ができている。

それもこれもきっと、全ては——

「ねえ、ウィル」

自分に再び光を与えてくれた魔法使いに、アーニャは微笑みかける。

「私……貴方のことは、誰にもあげたくない。ずっと……ずっと、私の側にいてほしいな」

ウィルザードからは相変わらず〝うーん〟という呻き声しか返ってこないけれど、アーニャは少し照れたように笑う。

きっと聞こえていない。絶対に聞こえていない。

でも……いや、だからこそ言える。

アーニャは、たぶん。

助けられたその瞬間から……このちょっと情けなくて、でも凄く頼りになる魔法使いのことが好きなのだ。

第二章　私達の居場所を

蛮王達を退けた、翌日の昼。

ウィルザードは、アーニャ達が隠れている洞穴に敷かれたたっぷりの藁の中で目を覚ました。

無限に近いウィルザードの魔力が切れることはないが、体力はすぐになくなる。

これだけ寝ても、まだ寝ていたいという気怠さがつきまとう。

自分はこれほど怠惰な人間だっただろうかと前世を振り返ってみるが、いまいち思い出せない。

「……まあ、前世の僕がどうだろうと、今の僕には関係ないか」

ウィルザードはもうひと眠りしようと目を閉じる。

たとえ前世がスポーツマンであろうと武術の達人であろうと、今のウィルザードにその理論は一切通用しない。そんなモノが下手に残っているよりは、いっそ忘れ去った方が健全というものだ。

それよりも、今は睡眠が必要だ。

眠いと思うのは、体が休息すべきと警告している何よりの証拠。それに逆らうのは実に不健康だ。

そんな風に自分に言い訳しながら、ウィルザードが眠りの世界に旅立とうとすると……彼の名を呼ぶ声が聞こえてきた。

「ウィルー。具合はどう？　そろそろ起きた？」

ウィルザードをウィルと呼ぶのは、今のところただ一人。その声を無視するわけにもいかず、彼は仕方なしに寝返りを打って声のする方向……洞穴の入口へと顔を向ける。

「やあ、我が王――もとい、アーニャ。僕は今から眠りの世界に旅立とうと思っていたところだよ」

「寝過ぎだと思うなあ……夜寝られなくなっちゃうよ？」

「夜は夜で寝られる自信はあるが……」

言いながら、ウィルザードの頭は急速に覚醒（かくせい）していく。

蛮王との争いから、ほぼ半日。恐らくは今頃、〝真の王〟の登場に世界中が混乱している頃だろう。

緊急会議を開いている国もあるかもしれないし、諜報（ちょうほう）活動を活発化するべく動き出した国もあるかもしれない。

何より、蛮王だ。アレは近日中に再びやってくるはず。

対策するのは……いや、アーニャの〝始まり〟を始めるのは、今をおいて他にない。

「……まあ、怠惰（たいだ）に浸るのは後の楽しみにとっておこうか。今の僕にはやることがたくさんある」

ウィルザードは立ち上がって洞窟の外に出る。

そこでは子供達が杖を振っている。どちらかというと、アレは戦士の修練にも思えるのだが、それによって魔法が上達すると信じてやるのであれば、全く意味がないということはない。

自信をつけることは、魔法使いにとって重要なことだ。

「……そういえば、あいつの姿が見えないな？　えーと……ボ……ボ……アボカド？　あいつどこ行ったんだ？」

「ボガードね。彼なら水汲みのついでに、水場を縄張りにしている人を勧誘しに行くとか言ってたよ」

「へえ」

ボガードの行動力に、ウィルザードは素直に感心する。

最初の出会いこそ最悪であったが、意外に〝分かっている〟らしい。

つまり、ボガードはアーニャ王の配下として水場の主を誘いに行ったわけだ。そしてこのタイミングで誘いに行くことは正しい。

昨日の神託は恐らく世界中の人間に届いただろう。この山に隠れ住むのは、自分の保身にのみ凝り固まった逃亡者達ばかりだろうが、今だけは心に隙ができているのは間違いない。

「そうか。ちなみに、それはいつだい？」

「えーと……朝かな。そろそろ帰ってきてもおかしくないと思うんだけど」

ちょうどその時、ボガードの大声が響いてきた。

「姉御ー！　アーニャの姉御ー！」

「あ、帰ってきたみたい」

アーニャが軽く手を振ると、歩いてくるボガードは嬉しそうにブンブンと手を振り返す。

彼の目に選定の剣を抜いたアーニャがどう映っているのかは不明だが、刷(す)り込みに近いものがある。

まあ、それはさておき……ボガードの背後に、一人の男がいるのが見えた。長い灰色兎の耳を持つその男は、線も細く〝水場の主〟という風格は感じない。

どことなくオドオドしている様子は、下っ端(したっぱ)という言葉を彷彿(ほうふつ)させる。灰色兎の男を先導してきたボガードは、興味津々で様子を窺(うかが)う子供達と、アーニャ、ウィルザードをぐるりと見回し、灰色兎の男を手で示す。

「ご紹介します！　水源を縄張りにしている、ルーガン一派の一人、リオルです！」

「ど、どうも。リオルです。えっと……ルーガン一派なんて呼ばれていますが、そう名乗ってるわけではありません。ただ、生き残るために集まってるだけでして……水場の独占とかもしてないです」

「そうなんすよ。ルーガン一派はこの山の中じゃ穏健(おんけん)派で通っていて、他の連中と比べるとすげーマトモなんです」

「い、いえ。そんな……こんな状況じゃ、助け合わなきゃいけませんし。それに、モンスターにだって一人じゃ対抗できませんし……」

「え、モンスター!?　この山に!?」

アーニャが驚きの声を上げる。

「あれ？　アーニャ姐さんは会ったことないんすか？　数は分かんないですけど、結構ウロウロしてるっすよ」

急にビクビクと辺りを見回しはじめるアーニャの反応を見て、ウィルザードはモンスターなる新しい単語の意味を吟味しはじめる。

名前の意味通りならば魔物や怪物の類で、恐らくは人類に敵対的な存在に違いない。

リオルが言った〝一人じゃ対抗できない〟という言葉がそれを裏付けている。

そして当然ながら、前世のウィルザードの世界……アースでは、人類に害をなすモンスターなどというものは実在せず、あくまでお伽話の中の架空の存在であったはずだ。

……ということは、モンスターはあの神らしきもの――アルダンが、このアースを作り直したときになんらかの目的で用意した存在ではないかと推測できる。

無意味にそんなものを用意――しないとも言いきれないが、恐らくは魔法文明の発展に寄与するものだと判断していいはずだ。後で追及しようと思いながらも、ウィルザードはリオルに声をかけ、評価を開始する。

「助け合い、か。水場を独占しないというのは君の考えか？」

「いえ、ルーガンさんがそうするべきだと言ったんです。こんな場所で水場一つを独占することに意味なんかない。助け合わなきゃ先細りするだけだ……って」

確かに、こんな山の水場を独占したところで覇権に繋がるわけではない。とはいえ、追い詰められてスレた精神状態で言えることでもない。

リオルは見る限り、出会った時のボガードと比べても大分落ち着いている。

助け合いなどという言葉が出るのは余裕がある証拠であり、善性の証でもある。無論、現時点ではまだ何かの罠という可能性も捨ててはいけないが……

「なるほど、素晴らしい考えだと思う。僕は魔法使いのウィルザード・マーリン。こちらはアーニャ。選定の剣に選ばれし王だ」

「は、はい。ボガードさんから伺ってます。それもあってここに来ました」

言いながら、リオルはアーニャをチラチラと見る。

銀色に輝くサークレットに目がいっているようだが、同時に剣を持っていないのが気になっているのだろう。周囲を探るように視線を動かしているのが分かる。

まあ、当然だ。選定の剣を抜いたなら、それを誇示するように持っているはずだと考えるものだ。ところが、その剣が見当たらないとなれば、ちょっと頭が回るなら、詐欺の可能性を疑って警戒するのも仕方がない。

ここで勿体ぶっても意味がないと判断し、ウィルザードはアーニャに提案する。

「彼に剣を見せてやってくれるかい？」

「あ、うん。クラウンソード、お願い！」

サークレットは光を放ち、剣と化してアーニャの手元に収まった。

たったこれだけでも普通の剣では有り得ない現象である。リオルは目を見開き、口をぽかんと開けて見入っていた。

実のところ、ボガードからこの話が持ち込まれた時、リオルを含むルーガン一派は皆、神託を利用した詐欺の類だと判断していた。

ボガードは仲間内でも少々チンピラじみた男と評判であるため、一派に組み入れてはいなかった。

彼らはそんな男が持ち込んだ話を手放しに信じるほど愚かではなく、水場を奪って独占しようと企む連中が背後にいる可能性すら考慮していた。

だからこそ、戦力としては頼りにならなくても、頭脳面では一番のリオルが使いとして出されたのだ。

しかし、さすがのリオルもまさかこんなものを見せられるとは思ってもみなかった。ちょっとした仕掛けとかトリックとか、そんな話ですらもない。

詐欺だとしたら手が込んでいるどころのレベルではない。

だとすると、まさか本当に――

「あ、あの。アーニャ……様はまさか、王族であらせられるのですか？」

地方の町で下級文官をしていた程度のリオルには、王の一族に関する詳細な知識はない。せいぜい王や王太子の名前を知っている程度であり、末端の王族ともなれば名前すらも知らない。もし、アーニャがそういう類の者であったなら……と思ったのだ。

　しかし、アーニャは困ったように笑って首を横に振る。

「まさか！　王様とか貴族とか……全然そんなんじゃないです。私は、ただの村娘……でした」

「し、しかし……」

　ただの村娘が真の王であるというのか。

　本人は知らされていないが、実は妾の子の血筋とか、そういう可能性は――そんなことを考えながらも、リオルは自然と跪き、臣下の礼をとっていた。

　そこにウィルザードの声が降ってくる。

「血筋は単に血縁関係を示すものであって、資質でもなければ資格でもない。君の先祖だって、代々同じ職業についていたわけでもないだろ？」

「……それは」

　確かにその通りではある。リオルは下級文官であったが、父は街で働く鍛冶師で、母は裁縫を生業にしていた。祖父に至っては領主に仕える兵士だったそうだ。

　この乱世にあっては〝王〟とて同じ。血筋が定かでないものも含めて、何十人、いや何百人もの王が現れては消えている。

「そもそも、王であれば剣を抜けるというのであれば、蛮王に抜けたっていいはずだ。違うかい？」

「……！　いえ、私の不見識をお詫びします。確かに、王の価値をも見失うこの時代、血筋など些末なことでした」

リオルは深々と一礼すると、意を決したように再び顔を上げる。

「で、では。お伺いしたいのですが……まさか蛮王の騎士団が山から撤退したのは……アーニャ様のお力によるものなのでしょうか？」

「えっと、それは――」

「その通りだ。僕も助力はしたが、選定の剣を抜いたアーニャが、蛮王を退けるきっかけを作った」

アーニャに被せるようにして放たれたウィルザードの言葉を聞き、リオルの満面に喜びが広がる。

「おお、やはり！」

この山に逃げてきた者達ならば、誰もが一度は蛮王とその騎士団を退けることを夢見る。しかし、それができなかったからこそ、彼らはこんな山に隠れ住むことを余儀なくされたのだ。

リオルには、その不可能を成したアーニャが、希望の色に輝いて見えていた。

ウィルザードはあくまで冷静にこれに応じる。

「退けはした……ただ、それで諦める男でもないはずだ」

「確かに。あの男は力の信奉者と聞き及びます。蛮王個人の力はもとより、あの男が保有する武力も、この一帯で並ぶ者はありません。自分こそが剣に相応しいと思って取り返しに来てもおかしくないでしょう」

「そうだね。つまり……今、僕達は団結する必要があるというわけだ」

「それ、は――」

その言葉が真に意味するところにすぐに到達し、リオルは言葉を詰まらせた。

神託により、真の王が選ばれたと知ってからすぐにリオル達が夢想したそれが、ウィルザードの口から語られる。

「国を造る。世界のどこよりも幸せで、どこよりも強い国。いきなり大国とまではいかないだろうが……ここから始めるんだ」

「国、を」

敗北者であり、逃亡者。そんな自分達が、再び国を造る。真の王を旗印に、安住の場所を造る。

それは恐ろしく甘美な響きで……リオルは高揚する心を抑えながら、絞り出すように言葉を紡ぐ。

「あ、の。その国造りの拠点は……ここ、なのですか？」

「どうかな。アーニャ、この洞窟にこだわりはあるかい？」

「へ!?　愛着はあるけど、ここじゃなきゃダメってわけでも」

「そういうことらしい」

「では！　是非私達の縄張りにお出でください！　水場ですから、水には不自由しません！」

これはリオルの独断であったが、ルーガンはきっと断らないと確信していた。

水場を離れることには難色を示すだろうが、水場に真の王を招くというのであれば話は別である。

「えっと……私はいいと思うけど、ウィルは？」

リオルの熱の篭もった口調にややたじろぎながら、アーニャは小さく頷く。

「僕はアーニャの意思を尊重したい。皆は？」

「ウィルせんせの言う通りでいいと思う」

「僕もアーニャ姉ちゃんに賛成！」

「私もー！」

「ぼ、僕も」

ムルと他の子供達も口々に同意を示す。

「えっと。そういうわけですのでご一緒できればと」

「ありがとうございます！」

再度頭を下げるリオルに恐縮して、アーニャは慌てたように手をパタパタさせる。

人に頭を下げられた経験などない彼女には仕方のない反応といえるが……リオルにはそれがなおさら好意的に見えたらしい。

あくせくと立ち上がると、喜色満面(きしょくまんめん)で出発を促す。

「ささ、ご案内します！」

「あ、はい。えーと皆、移動するよー！」

「藁どうするのー？」

「食器持っていこうよ！」

「藁は必要なら出すからいらないぞー」

わいわいと叫ぶ子供達をウィルザードが宥めているうちに、ボガードは恐ろしく素早い動きで食器を抱える。

どうやらボガードは、そういう方向性で忠誠を示すことにしたようだ。

水場の主であるルーガン一派とは初対面であるはずだが、アーニャ達の顔には一切不安がない。穏健派として知られるルーガン一派とはいえ、彼女達を罠に掛ける可能性もあるというのに。

恐いもの知らずとも思えるその胆力に、リオルは小さな驚きを覚えた。

その根底には、この一見優人にも見えるウィルザードなる男の存在があることは想像に難くない。ボガード曰く〝優人ではなくて魔人〟らしいのだが、リオルはそんな種族のことは知らなかった。だが、世界は広い。そういう種族もいるのかもしれない。何より、真の王が心から信頼しているように見える。

ならばきっと大丈夫だろう。

種族で差別するのであれば、自分も優人達のようになってしまう。だから、絶対にそうはなるまいと……リオルはわずかな不安を押し込め、笑顔を作る。

真の王との良好な関係を、仲間の無作法で崩したくはない。そう思うからこそ、リオルはアーニャへと提案した。

「あの……アーニャ王。恐れながら、一つご提案を」

「あ、はい。なんですか？」

「先程の選定の剣による御業(みわざ)を……是非、私の仲間達の前でもご披露ください」

◆

アーニャ達が辿り着いたのは、鬱蒼(うっそう)と茂る森の奥。驚くべきことに、蛮王達のいた場所からさほど離れていない山の頂上近くの一画だった。

ゴツゴツとした岩の多い場所で、その岩の間から湧き出る水は小さな川を作り、麓(ふもと)へと流れていく。

恐らく、ここだけではなく幾つかの水源があり、合流して一つの川となるのだろう。蛮王達がこの場所に来なかったというのであれば、ここととは別の大きな水源地を確保していた可能性もある。

まあ、そこも今では元の持ち主か別の者が再占拠しているに違いないが。

「なかなかいい場所だな」

「そうだね。なんか私達がいた場所よりも涼しいし……」

しっかりとした木が多く、それでいて光も適度に差し込んでいる。水場が近いことを加味すれば、実に過ごし易い環境だろう。

　子供達は湧き水に興味津々の様子で、今にも駆け寄っていきそうである。しかし、魔法を真っ先に使えたことで彼らのリーダー格になったムルに〝ダメ〟と抑えられて、ウズウズしながらもその場でじっとしている。

　アーニャ達も必要以上に進むことはなく、先行するリオルに従っている。

「ルーガンさん！　真の王をお連れしました！」

　そんなリオルの言葉に応えるように、木の上で覗いていた男達が身軽な動きで下へと飛び降りてくる。

　一人は、二十代前半に見える茶髪の猫耳の男。

　もう一人は比較的若く、十代後半……しかし恐らくはアーニャより上であろう赤色の犬耳の男。

　そして最後の一人は、少なくとも三十代に見える逞しい男。

　この最後の男がリーダーのルーガンであろうことは、その風格と、筋骨隆々の体から容易に想像できる。

「俺がリーダーのルーガンだ。聞かれる前に言っておくと、猪の獣人だ。魔人の魔法使いとかいうのは、お前か？」

「ああ。僕はウィルザード・マーリン。よろしく頼むよ」

　可能な限り友好的な笑みを浮かべたウィルザードに、ルーガンは鼻を鳴らす。

「魔人、か。俺は長年兵士をやっていたが、そんな種族は聞いたことがない」

「当然だ。君だって世界の全てを知っているわけではないだろう？」

一瞬、睨み合った二人を仲裁しようと、アーニャが何かを言いかけた矢先。ルーガンはフッと口元を緩めた。

「確かに、お前の言う通りだ。兵士といっても、俺は小さな町の常駐兵だった。知らない種族がいてもおかしくはない。無礼を許してくれ」

「構わない。こんな状況では他者を疑うのも無理はない。それを解消するための今回の提案でもある」

「ああ。真の王については聞いている……正直、驚いたがな」

「驚いた？」

「苦境を覆す真の王というものは、もっと、その……屈強な大男だと思っていた」

「蛮王を超えるような？」

「ああ」

なるほど、蛮王に蹂躙された彼らが、それを超える更なる力を、と夢想するのは無理のないことだ。力こそ至上とする蛮王を更なる力で撃ち滅ぼす。それは確かに爽快な夢である。だが……

「それは蛮王の理論だな」

「……その通りだ。力がある者こそ正義というのは間違っている。そんなことは、誰より知っていたつもりだったんだが」

言いながら、ルーガンはアーニャへと視線を向ける。

屈強なルーガンに比べれば、ずっと小さく細いその体。一見頼りなさそうにも見えるアーニャは、一瞬ビクッと震えるが、すぐに気丈な視線を返す。

真の王がどんなものかは分からない。

しかし、一番頭の回るリオルが認めたのであれば、間違いはないだろう――ルーガンはそう言おうとして口を開く。

だがその瞬間、茶猫の男が大声でそれを遮った。

「待ってくれ！　俺は……そんな女認めねえ！」

「ちょ、ちょっとアルフ。やめなよ」

「お前は黙ってろベイル！　ルーガンさん、魔法使いなんて怪しい祈祷師連中ですよ⁉　きっと俺達に変な呪いをかけて操ろうとしてるに決まってる！」

赤犬の男……ベイルに窘められてなお、アルフは吠えるのをやめない。

「大体、そんな女に何ができるっていうんだ！　例の剣も持ってねえし……ルーガンさんの方がよっぽど王に相応しいだろ！　ベイル、リオル！　お前らだってそう思ってるはずだ！」

「え⁉　ぼ、僕は……」

「私は、アーニャ様が真の王だと確信していますよ」

言い淀む犬耳のベイルとは対照的に、リオルは穏やかな笑顔でそう返した。

アルフが反発することは分かっていたし、気の弱いベイルがそれに逆らえないことも分かっていた。そしてルーガンは、あえてそれを止めないであろうことも。

なぜなら、ルーガンとて、アーニャが真の王であると、心の底から納得したいからだ。

真の王が誕生し、蛮王達が撤退したことは理解している。

しかし、その場に自分達がいたわけではない。

だからどれだけ口先で納得したようにみせても、心の奥底には消えない疑念が残っている。彼らはそれを晴らしてほしいと望んでいた。

リオルがここに来る前にアーニャに提案したのも、そのためである。

「分かりました。なら、証明します」

アーニャは前へと進み出ると、ウィルザードは道を譲るように一歩下がる。

彼女は右手を前へと出し、すうっと息を吸う。

「……クラウンソード！」

サークレットが光となって、剣に変わる。

突如アーニャの手の中に現われたその剣を、そのプロセスを、ルーガン達は驚愕と共に見た。

このような不可思議な剣は、今まで目にしたことがない。

そんなものが、祈祷や呪いでどうにかなるはずがない。

「う、嘘だ」

震えながらも、アルフはそう呟く。

彼は目の前で見たものを信じられず、未だにそれを現実だとは受け入れられなかった。

何よりも、こんな弱そうなアーニャが〝真の王〟であると認めたくなかったのだ。自分達を導いてくれたルーガンこそが王になるべきと――そう思っていたからなおさらだ。

「こんなの……タチの悪ぃ手品だ！　なんだそんな剣……！」

「アルフ！」

止めようとしたルーガンの腕をすり抜けて、アルフはアーニャへと突進する。

あんなもの、あの男が優人の街かどこかで買ってきたに決まっている。

そんな思い込みでアルフはアーニャを突き飛ばし、転がった剣へと手を伸ばす。

ウィルザードに支えられるアーニャの無様（ぶざま）な姿を嘲笑いながら、アルフは叫ぶ。

「見ろ！　やっぱりそんな奴は王様なんかじゃない！」

この剣だって、やっぱりなんでもない。アルフは確信と共に剣に触れようと手を伸ばす。

しかし……

小さく、だが確実にその耳に届いた唸り声に反応し、アルフはビクリと肩を震わせて振り返った。

見ると、流れる湧き水を生み出す小さな泉の岩々の上に……黒い毛皮に包まれた、巨大な何かの姿があった。

ずんぐりとした巨体と、太い手足を持ち、黒い毛皮に覆われたその体つきを含め、一見すると熊のようではある。

もっとも……顔が毛皮に覆われた人間の男のものに酷似しているという点を除けば……の話なのだが。

「う、うわあああああああああ!?」

「タ……黒色暴獣!?」

アルフが恐怖の叫びを発し、ルーガンも険しい顔で身構える。

ソレの顔つきから、獣人の一種ではないかと一瞬疑っていたウィルザードだったが、ルーガンらの反応を見て、これがモンスターであると、即座に認識を改めた。

黒色暴獣と呼ばれる凶悪な人食いモンスター。ソレに狙われた者は、恐るべき剛力で体を八つ裂きにされるという。鼻は利かないと言われているが、一度見つけた獲物をどこまでも追ってくる執拗さを備えている。

そんなものが自分を見ているという恐怖に駆られ、アルフは慌ててクラウンソードに手を伸ばす。

持ち上げて構えようとして……しかし、剣は地面に貼り付いたかの如く、ピクリとも動かない。

いや、アルフには動かせないのだ。まるで彼には手にする資格がないとでも言うように、剣は――クラウンソードは、頑なに動くことを拒んでいた。

「な、なんだよ!?　なんで動かないんだよ……なん……ヒイ!?」

岩の上から飛び降りてくる黒色暴獣（タイラントブラック）の姿に、アルフは腰を抜かしてへたり込む。

アルフとアーニャの間に、ズシンと地響きを立てて着地した黒い巨獣。その姿は、アルフにとって死の象徴に等しかった。

なぜ自分が狙われなければならないのか。そこに大した理由はない。ただ、目が合ったから。森の暴君にとっては、それだけで充分なのだ。

せめて、他のモンスターであれば、尻尾を巻いて逃げ切ることもできたかもしれない。だが……森の暴君相手ではそれも叶（かな）わない。

「た、助け……」

無理だと分かっていながらも、死にたくないという願いが、アルフの口からこぼれ出た。

「グウウウ……」

「あ、あ……」

目の前で腕を振り上げる黒色暴獣（タイラントブラック）の姿に、アルフは死を確信する。

「い……いやだあああああ！」

「クラウンソード!!」

アルフの絶叫を掻き消すかのように、叫び声が響いた。

「グ、オオオオ!?」

突然、クラウンソードが輝き、回転しながら黒色暴獣（タイラントブラック）の足を薙（な）ぎ払（はら）ってアーニャのもとへと飛んでいく。

アーニャは少しドキドキしながら、自分の手に収まったクラウンソードを握った。

ソードからクラウンに変える時、あるいはクラウンからソードに変える時に移動するのだから、こういうことができるかも——そう思って実行したのだが、大正解だった。

そしてもう一つの狙い通り……黒色暴獣（タイラントブラック）の視線はアーニャへと向いた。

先程までの獲物を嬲（なぶ）るようなものではなく、敵対する者に向ける殺意を込めた目。アーニャはわずかに怯えつつも、しっかりと睨み返す。

「怖くないもん……。貴方なんか、蛮王に比べたら全然怖くない！」

精一杯の強がりを支えに、アーニャは黒色暴獣（タイラントブラック）の前に立つ。

怖いけど、怖くない。

彼女は国を造ると決めたのだ。ウィルザードと共に進むと決めたのだ。だから、こんな熊の化け物になんて負けてはいられない！

「来なさい、化け物！」

「グルル……ガアアアアアアア！」

黒色暴獣（タイラントブラック）は斬（き）られた足などものともしないスピードで、アーニャへと迫る。もっとも、無傷の時の最高速度と比べればそれはわずかに遅かったが、しかし、人には不可能な速度であることに変わりはない。

一瞬でアーニャのもとへと到達した黒色暴獣(タイラントブラック)は、巨木の幹(みき)をも砕(くだ)く剛腕(ごうわん)を振るう。

アーニャの頭を軽々と砕くはずの一撃は……まるでそれを予見していたかのように身を低くしたアーニャに回避されて、虚(むな)しく空を切る。

「うあああああああああ！」

がら空きのその胴を、クラウンソードが横薙ぎにする。

「ギアアアアアアア⁉」

並の剣など弾いてしまう硬い毛皮ごと肉を切り裂かれ、黒色暴獣(タイラントブラック)は叫ぶ。信じられない、とばかりに目を見開く。

だがこれは、紛(まぎ)れもない事実だ。

アーニャがやったことは、たった二つ。避けて、斬る。

〝絶対にできる〟と自己暗示のように願うその心が、世界に登録された強化魔法を……ウィルザードが蛮王との戦いで使用したそれを引き出した。

故に、戦いのことなど何も知らなかったアーニャでも、黒色暴獣(タイラントブラック)と戦えているのだ。

黒色暴獣(タイラントブラック)は認めなかった。絶対的強者であったソレには、敗北の泥濘(でいねい)に塗(まみ)れるなどという屈辱(くつじょく)は受け入れられない。

だからこそ、自らが受けた傷を顧(かえり)みず、咆哮(ほうこう)し、アーニャへと腕を振るう。

だが、その腕がアーニャに達する前に、クラウンソードが一閃(いっせん)。

ドサリと音を立てて、肉の塊が地面に落ちた。

しかし、自分の絶対的な武器である腕を斬り飛ばされてもなお、黒色暴獣(タイラントブラック)は逃げることを選ばない。

残ったもう一本の腕がある。牙がある。食い殺してやると、吠える。

「ゴオオオオオオオ！」

残った腕を振るう黒色暴獣(タイラントブラック)の眼前で、アーニャは焦っていた。

強い、怖い。でも、負けられない。

どうすれば勝てる？　どこを斬れば勝てる？

戦いの中で、アーニャの頭脳はフル回転していた。

心臓を貫く？　でも、人間と同じ位置とは限らない。だったら、死ぬまで斬り続ける？

繰り出された腕を転がって避けながらも、アーニャは目を逸らさずに睨みつける。

そして、思い出した。蛮王を退けた、あの光の剣を。

あれならば、きっと、この魔物を追い払える。

でも、どうすれば？

何度目かの攻撃を避けて転がったアーニャは、クラウンソードを握る手に力を込めた。

やり方なんて分からない。でも、できると信じる。

一度できたのだ。ならば、今回も必ず。

「……ふう」

黒色暴獣（タイラントブラック）を正面に見据えて、息を整える。

振り上げられる腕を前に、アーニャは覚悟を決める。

絶対にできる、力よ宿れと、刃を撫でる。

そして……その望み通りにクラウンソードは、眩いばかりの光を刃に宿した。

「ゴ、ギャア⁉」

突然の光に目の眩（くら）んだ黒色暴獣（タイラントブラック）の動きが止まり、飛び出したアーニャの振るう剣が、その体を正面から縦に斬り裂いた。

今までとは段違いの威力の斬撃を受けた黒色暴獣（タイラントブラック）の体がぐらりと揺らぎ……大地へと倒れ伏（ふ）した。

明らかに絶命したその姿を見て、アーニャは安堵（あんど）の息を吐き……ふらりとよろめく。

彼女の体は、そのままウィルザードの腕の中に収まった。

「あ、あれ？　ウィル……」

「よくやった、アーニャ。危なかったら手を出すつもりだったけど……その必要はなかったな」

「……えへへ。見直した？」

「ああ、もちろんだ。さすがは我が王……いや、僕が見込んだアーニャだ」

我が王と呼ぶなと言われたことを思い出してウィルザードが言い直すと、アーニャは嬉しそうに笑う。

「うん。でも、もうちょっと頑張らないとね」

疲れた体に鞭打って、アーニャはアルフのもとへと歩いていく。

未だ腰が抜けて立てないアルフは、彼女が戦っている間にルーガン達に引きずられて安全圏まで移動していた。

彼は近づいてくるアーニャを見てビクリと大きく震える。

自分には動かせもしなかったクラウンソードを易々と操り、黒色暴獣をも屠ったアーニャに恐れを抱くのは当然だ。

そんな彼女を馬鹿にして、突き飛ばしてしまったことを思い出し、アルフの顔は真っ青に染まる。

「えっと……大丈夫ですか？」

「う、あ……」

真っ青なアルフを心配そうに見つめるアーニャの姿と……その手にあるクラウンソードを交互に見ながら、ルーガンの後ろで震えていたベイルはゴクリと唾を呑む。

あの剣は間違いなく、普通の剣とは違う、別格の代物。黒色暴獣との戦いで放った光を見れば、そんなことは簡単に想像できる。

あれこそが選定の剣クラウンソード。ということは……

その想像に至り、ベイルは思わず地面に身体を投げ出すようにして謝罪の姿勢をとる。

「も、申し訳ありません！　どうか許してください！」

「え、え!?」

何事かと困惑するアーニャだが、ベイルの考えていることは簡単だ。

不敬を働くアルフを止めなかった。王族や貴族に対しては、それだけで重罪だ。

アーニャが真の王であるならば、あの不思議な剣で手打ちにされてもおかしくはないと考えたのだ。

平伏(へいふく)するベイルの前で、ルーガンも跪き、深く頭を下げる。

「先程の非礼を深くお詫びします、アーニャ王。全ては俺の責任です」

「え、そんな……か、顔を上げてください!」

「我々に敬語は不要です、王よ。その不可思議な剣……実物を見たことはありませんでしたが、まさに真の王しか抜けぬと伝え聞く選定の剣でございましょう。自らその剣を振るい、アルフをお助けくださったその御心も、民を導く王そのもの……。アルフの狼藉(ろうぜき)を許してしまったのは、俺の目が曇(くも)っていた故。どうか、死の罰を与えるなら、この俺に」

「だ、だから待ってくださ……待って!」

アーニャは尻尾をピンと立てて叫ぶ。

アルフの振る舞いはいきなりでビックリしたし、少し腹も立ったが、あの程度のことで大袈裟(おおげさ)すぎる。なんでいきなりそんな話になってしまうのか。

「殺すとかなんとか……あれくらいでそんなことしないよ!」

「しかし……」

「そりゃ、私だって頼りないのは分かっているもの。確かに、乱暴は良くないよ。でも、だからって、そういうのは違うと思う！」

「ですが、それでは規律が」

「もー！　王様は誰⁉」

アーニャは剣を地面に突き立て、聞き分けのない子に言い聞かせるように怒り、頬を膨らませる。

ソレを見たルーガンは、呆気にとられながらも……理解した。

アーニャがどういう王であるのかを。

「王は……貴方です。どうぞ沙汰を」

「じゃあ命令！　すぐに死ぬとか殺せとか言わないで、皆で仲良くして！　アルフ……には一週間、皆のご飯の後片付けを命令します！」

「仰せのままに。俺が責任をもってやらせましょう」

「ル、ルーガンさん」

ルーガンに睨まれ、アルフは口を噤む。

「アルフ。お前もいい加減理解しただろう。この方が我らの王だ」

そう諭され、アルフは一瞬の躊躇の後、ルーガンと同じように跪いた。

平伏していたベイルも慌てて二人を真似る。

「じゃ、そういうことで仲良くしよう！」

アーニャは少しだけ居心地悪そうに三人を見ながらも、パンと手を叩いてこの話を締めた。

「さて、では綺麗に纏まったところで次の話をしようか」

それを見計(みはか)らって、ウィルザードが切り出した。

「次？」

聞き返すアーニャに、ウィルザードは頷いて微笑む。

「ここを起点に、村を作る。まずはそこから始めようじゃないか」

◆

そして、四日が経過した。

水場のあった一帯の木の上には、簡素ではあるが丈夫そうなツリーハウスが幾つか建設されていた。

その建設作業を主導したのは、意外にもアルフであった。

彼は駆け出しとはいえ大工であったらしく、指揮は的確で、ウィルザードが魔法で用意した道具が揃っていたこともあり、比較的アッサリと出来上がった。

「立派なもんだ。凄いな、君」

ツリーハウスを見上げて、ウィルザードが素直な感想を口にした。

「たいしたもんじゃねーよ。お前の出した釘や道具がなきゃ、こんなもんは作れなかった」

この四日間、アルフはウィルザードに対する評価を大きく変えていた。

体力がなくて建設作業自体は手伝えないウィルザードではあったが、次々に足りない道具を魔法で生み出す姿は、アルフの中にあった〝胡散臭い祈祷師〟というイメージを覆すには充分すぎた。

それだけではない。今アルフが着ている真新しい服も、ウィルザードが魔法で用意したものだ。藁の寝床も、雨を防ぐ布のテントも、ここに足りない大半の物は魔法によって生み出された。

祈って釘や食べ物が出てくるなら、アルフだって熱心に祈るが、そんなことをできた祈祷師など、今まで一度も見たことはなかった。

魔法。こんな凄い力を持った〝魔法使い〟が、真の王の側にいる。

その真の王たるアーニャの凄さは、間近で見たアルフにも嫌というほど理解できていた。

それに何より、彼女は命の恩人だ。

敬いこそしても、逆らおうとは思えなかった。

「でも、なんで木の上に家を作るんだ？　普通に地上に作ればいいのによ」

「襲撃から身を守るためだろう」

疑問を呈するアルフに、木の上から下りてきたルーガンが答えた。

「そういうことさ」

ウィルザードは頷いてみせる。

まだ納得がいかない様子のアルフに、ルーガンは補足する。

「つまり、いくら山の中でも、地上の家は目立つ。だから襲われやすい。一方、樹上の家は上を見上げなければ見つからない。見つかっても、襲撃するには時間と手間がかかる。木を切り倒すなどすれば別だが……我々獣人の身体能力であれば、木を伝って簡単に逃げられる。いいことだらけだ」

「あー……なるほど。でもよお」

言いながら、アルフはウィルザードをチラリと見る。

魔人とやらであるウィルザードは体を使うのが大の苦手だ。とてもではないが、木を上り下りするなんてできそうにない。

しかも地上からの襲撃を防ぐつもりなら、ハシゴをつけてしまっては台無しだ。

そんなアルフの視線に気付いたのかウィルザードはぐっと親指を立てる。

「心配いらない。僕はアーニャに運んでもらうから」

「それもどうなんだよ……」

アルフはため息をつくが、ウィルザードは気にした様子もない。

「なあに、どうせそう長くこの山に住むこともないさ」

「は？」

「だって、そうだろう？　蛮王を倒せば、その領土はアーニャのものだ。となると、堂々と平地に街を作れる。いつまでもこうして山に住み続ける必要はないというものさ」

「それ、は……」

蛮王を倒し、平地に戻るなど、今までアルフは考えもしなかった。

だが、国を造るというのであれば、攻めてくる蛮王との戦いは必然であり、逆に蛮王を倒したならば彼の治める平地も手に入るのだ。

平地や、もっと環境の良い土地があるなら、山に隠れ住む日々だって終わる。

「できるのかよ。俺はてっきり、この山を支配するんだとばかり」

「今はこの山が領土さ。でも、いつまでもそのままじゃない」

「そ、そうだよな」

ウィルザードの口から聞くと、それがそう遠くない未来のような気がしてくる。

だが、できるのだろうか。

今はなき獣人の国——パルム王国を蹂躙した蛮王の軍を倒せるのだろうか？

もし、失敗したら……

そんな不安を抱えるアルフの肩を、ウィルザードはポンと叩く。

「問題ない。僕も全力でサポートしよう。まあ、まずは国民集めからだがね」

「え？　お前が魔法でどうにかするんじゃないのか？」

「おいおい。そんなんじゃ凄い魔法使いがいる烏合の衆と変わらないだろう？　ちゃんと自分達の手で国を造ってくれよ」

そもそもウィルザードの目的は魔法文明の発展であり、国造りはそのための手段なのだ。〝あの人の魔法は凄い！　彼に任せておけば安心だ！〟で終わってしまっては意味がない。〝自分にだってできる〟と思ってもらう必要がある。

「……それに、ツリーハウスはあくまで安全策だ」

「え？」

「どういう意味だ？」

「村は家があるから村なんじゃない。そこである程度の生活が成り立つから村なんだ。そうだろ？」

「まあ、な。でも今だって生活はできてるだろ」

「もっとさ」

文化的で素晴らしい、他人が見て羨ましがるような生活には程遠い。

「具体的には……そうだな、畑と……お風呂も欲しいな」

もちろん皆水浴びくらいはしているが、アーニャは自分の体臭を気にしているようだったので、ウィルザードは風呂を作ろうと思い立った。

「む、無理だろ。そんなもん作ったら、それこそ目立っちまう」

「……いや、家から離れた場所に作れば危険はない」

「だが確実に畑は狙われるぞ」

山に隠れ住む全ての人間が善人なわけではない。中にはどうしようもない人間がいるのも事実だ。そうした連中は、間違いなく畑を狙ってくるはずだ。

「平気だよ」

ウィルザードはニヤリと笑う。

ちょうどその時、〝ご飯できたよー〟と呼ぶアーニャの声が聞こえてきた。

「そもそも悪人ばかり気にしていても仕方がない。善人にアピールするのが目的なんだ、これは」

「どういう、意味だよ」

「簡単さ。君もこっちに来いよ、と呼ぶんだ。そうすれば幸せになれる……ってね」

「……悪人の方が集まりやすいと思うぜ」

アルフは苦笑して肩を竦める。

「そうなったら、排除(はいじょ)すればいい。なあに、モンスターに比べれば簡単だろ?」

「まあ、な」

「ご飯できたってばー！」

アルフとウィルザードは顔を見合わせて笑い、再度自分達を呼ぶアーニャの声に応えて歩いていった。

◆

次の日。ウィルザード達は、水場から少し離れた場所に来ていた。

そこは、ツリーハウスを作るための木を切り倒した場所で、新しい切り株がいくつも並んでいる。

ウィルザードが短く詠唱すると、切り株がズシャッと音を立てて土の塊に変わる。何度かそれを続けると、切り株だらけだった場所はあっという間に小さな広場に変わってしまった。

「……凄いな」

ルーガンが感嘆の呟きを漏らす。

「昨日、ちょっと魔法を作ってみてね。ほら、切り株を掘るのなんて……疲れるだろ？」

「凄いのは魔法じゃなくて、それを作るウィルだと思うんだけど……」

少し呆れたように言うアーニャに、ルーガンも頷く。

ウィルザードは〝信じれば誰でもできる〟と言うが、常人が彼の領域に届くのは相当に難しそうだ。

「まあ、その辺りは今後少しずつ教えていくさ。それより、早速ここに風呂を作ろうじゃないか」

「お風呂⁉　本当に作れるの⁉」

風呂という単語に反応して、アーニャの顔が輝く。

「ああ。構造は簡単だ」

イメージするのは、火で沸(わ)かすタイプの風呂だ。

家を作るのとは少し勝手が違うからアルフに頼むわけにもいかない。ならばこのくらいは、自分でやってしまっても構わないだろうとウィルザードは考えている。

わざわざ木を切り倒すことで興味を持ったであろう、未だ山のどこかで潜み続ける連中にも、これは良いアピールだ。

「さて……やるぞ。風呂生成(クリエイトバス)」

唱えると同時に、一つの小屋が地面から一瞬で組み上がるようにして現れる。

金属製の煙突(えんとつ)のようなものがついたソレに、アーニャとルーガンは一瞬遅れて驚きの声を上げる。

「なっ……！」

「え、ええ!?　どうなってるの!?」

「どうもこうも、見ての通りだよ」

裏に回れば風呂を沸かすための焚口(たきぐち)がある。本格的な鍛冶場でもなければ用意できないものだ。

そして、この焚口は……薪(まき)を燃やして熱を得るものではない。

興奮したように建物の周りを回りはじめたアーニャがそれに気付き、驚きの声を上げた。

「ちょ、ちょっとウィル！　これ間違ってるよ!?」

「んー？」

未だ信じられないといった様子のルーガンと共にウィルザードが裏に回ると、アーニャが焚口の蓋(ふた)を開けて呆然としていた。

「どこがだい？」

「ど、どこって……だって、これ」

本来ならば薪を焚く空間があるべきそこにあったものは……台座に収まった、丸く赤い水晶玉のようなものだった。これでは薪を突っ込むことができない。

何より、火をつけたら割れてしまうのではないかとアーニャは心配していた。

こんなに綺麗な石なのに、もし燃えたり割れたりしなくても、煤(すす)で汚れてしまったらもったいない。

「ああ、これか。これは魔力を込めると火を発するんだ。台座がついてるのは……まあ、盗難と事故防止かな」

「え。それってつまり……」

「風呂に入りたければ魔法の修業を頑張れってことさ、アーニャ。君、ムルに周回遅れだって分かってるかい？」

「うぐっ」

魔法の練習では、子供達とアーニャの出発点はほぼ同じだが、その中でもムルが飛びぬけて上手かった。

他の子供達は苦戦しつつも、それなりに魔力を感じることができるようになってきていて……

アーニャもまあ、似たようなものだ。

男連中でいえば、ボガードは落第、リオルはそこそこ、他は似たり寄ったりというレベルだ。

「あっ！　まさかお風呂のお湯とかも」

「その通り。風呂部屋の中にある青水晶に魔力を流せば水が溜まるようになっている。ついでに言うと、風呂釜に水が溜まってない状態でこの赤水晶に魔力を流してもチャージ状態になるだけで火はつかない。事故対策はバッチリだ」

お風呂の支度をするだけで魔法による火と水を体感できる。これは後々の魔法文化の育成を見据えた素晴らしい修業法だとウィルザードは自負していたが、アーニャとルーガンの顔色は冴えない。

「どうしたんだ？」

「えっと……なんていうか。ちょっとした疑問なんだけど」

ウィルザードに促されて、アーニャが遠慮がちに切り出した。

「ああ」

「ウィルならひょっとして、火と水を二つに分けなくても、最初からお湯が出るようにできたんじゃないかなーって」

アーニャの言葉に無言になったウィルザードに追い打ちをかけるかのように、ルーガンも疑問を投げかける。

「……そもそも、水場中心に村を作らずとも、この水の出る青水晶とやらを使えば、水の問題も解決できたんじゃないのか……？」

　言われて、ウィルザードは空を見上げる。

　木のすっかりなくなったこの一帯は、綺麗な青空を思う存分に見ることができる。鳥の舞う空をしばらく見上げ……ぽつりと呟く。

「お湯に関しては、できた気もする」

「……水問題は？」

「それは、ほら、あるものは利用しないともったいないだろ？　なんでも僕一人が魔法で解決するってのは良くない。青水晶で水問題を解決するのは構わないんだが、それには君達も自分で青水晶を作る魔法を使えるくらいになってもらわないと」

　アーニャとルーガンはぐっと言葉に詰まる。

　それを言われてしまうと実に弱い。何しろ、二人ともまだ光の蝶を飛ばす魔法に成功していないのだ。

「ルーガンはともかく、アーニャは才能あると思うんだがなあ……クラウンソードで魔法っぽいものを使えたんだし……」

「うう……」

　思わず視線を逸らすアーニャだったが、ウィルザードは優しく笑いかけた。

「まあ、心配はいらないよ。〝さすが王様！〟と言われるように鍛えてあげるからさ」

「う、うん……」

この後のスパルタ教育を想像して、アーニャは思わず引き気味に答える。

「……と、いうわけで。さっきからこっちを見ているそこの君、何か用かい？」

「え？」

不意にウィルザードが予想外の方向に声をかけたので、アーニャは驚いてキョロキョロ辺りを見回す。

すると、誰かが慌てた様子でサッと木の陰に引っ込むのが見えた。

「……放っておくつもりなのかと思っていたが」

その者に気付いていたルーガンは特に動じることなくウィルザードに応じる。

「わざわざ来て見てくれたんだ、声をかけないと。ていうか、もっとたくさん来るかと思っていたんだけどな」

「俺達がいない時に来てるんだろう。基本的に皆、警戒心が強い」

ルーガンは言いながら、木の陰に隠れた何者かに向けて声をかける。

「心配はいらない、ここは安全だ。……何もしないから出てきていい」

「そ、そうだよ！　ウィルはちょっと意地悪だし、ルーガンは顔が怖いけど、良い人だから！」

アーニャもようやく状況を理解して、声を張り上げる。

「……僕ってそんなに意地悪か？」

「顔が怖いと言われるよりはマシに思えるが」

ウィルザードとルーガンは顔を見合わせる。

すると……哀愁漂う二人の様子が警戒心を解いたのか、それともアーニャのズレた呼びかけが功を奏したのか、木の陰から一人の若い女が顔を出した。

「む⁉」

女性を見て少し驚くルーガンに、ウィルザードが首を傾げる。

「おや、気付いていてたんじゃないのか？」

「いや……人がいるのは気付いていた。だがまさか、若い女とは」

そう、そこにいたのは汚れた服こそ着ているが、若く……もっと言えば、綺麗な顔立ちの女であった。恐らく身だしなみを整えれば、それなりに男達も振り向くはずだ。

頭の上には犬のものと思われる垂れ耳があり、元気印のアーニャと比べると、どこか儚げな印象がある。

「あ、あの……」

女はウィルザードを気にしておずおずと口を開く。

「僕のことなら心配いらない。僕は優人じゃなくて、魔人だ。こっちに来たまえ、綺麗なお嬢さん」

綺麗なお嬢さん、という言葉にアーニャがピクリと反応するが、ウィルザードはそれに気付かず優しげな笑顔を垂れ耳の女へと向ける。

女はしばらく迷っていたが……やがて、意を決したのか足を踏み出した。

ウィルザードも警戒させないように女に近づき、その体を軽く、そして優しく抱く。

「こんな山の中で女性一人とは、さぞ苦労しただろう。もう大丈夫だ」

言いながらウィルザードが軽く杖を振ると女の体から汚れが消え、再度杖を振ると服が真新しいものに変化する。

「え……」

「僕は魔法使いのウィルザード・マーリン。君の名前は？」

「わ、私……私、パルメです。ノギト村のパルメ。あの、これって」

「魔法さ。年頃の女性があんなになってるのは、忍びなくてね。これからは、もうそんなことになる心配はない」

ポンポン、と背中を叩かれたパルメの目に、涙が浮かぶ。

魔法。魔法使い。目の前で突然建物が現われ、服も体も綺麗になった。どれも信じられない奇跡。

この魔法使いも、見た目は優人に見えるが、不思議と怖くはなかった。優しくされたからかもしれない。そうやって騙すつもりなのかもしれない。でも、逃亡生活を始めてからは同じ獣人にだって、優しくされた記憶はなかった。

……だから。優しくて温かい手と体が、パルメには嬉しかった。

思わずぎゅっと抱きついて、これが現実だと確かめる。こんな夢みたいなことが、紛れもない事実であると信じたかったのだ。

「うん。辛かったよな。大丈夫、もう大丈夫だ」

「うう、うううーっ」

すすり泣くパルメにウィルザードは何度も〝大丈夫〟と繰り返す。

そうしながら、彼は先程ルーガンが発した〝若い女とは〟という言葉の意味を考える。

彼は、アーニャがこの山にいるのだから、他にパルメのような若い女がいても不思議ではないと思っていたが、どうもそうではないらしい。

単純に体力的な問題とも言い切れないようだが……

「ルーガン。聞くけど、さっきはなんでパルメに驚いたんだ？」

「あー……」

ルーガンは口ごもる。

「……言い難い理由か」

「ん、まあ。その、なんだ……若い女、特にその子みたいに綺麗なのは……あー。獣人でもいいって奴がだな」

「いや、もういい。大体分かった」

つまり、優人の中には若い女を奴隷として侍らせたいという連中がいるということだろう。

郵 便 は が き

1 5 0 8 7 0 1

料金受取人払郵便

渋谷局承認

9400

0 3 9

差出有効期間
平成30年10月
14日まで

東京都渋谷区恵比寿4−20−3
恵比寿ガーデンプレイスタワー5F
恵比寿ガーデンプレイス郵便局
私書箱第5057号

株式会社アルファポリス
編集部 行

お名前
ご住所 〒 TEL

※ご記入頂いた個人情報は上記編集部からのお知らせ及びアンケートの集計目的以外には使用いたしません。

アルファポリス http://www.alphapolis.co.jp

ご愛読誠にありがとうございます。

読者カード

●ご購入作品名

●この本をどこでお知りになりましたか？

年齢　　歳　　　　性別　　男・女

ご職業　1.学生（大・高・中・小・その他）　2.会社員　3.公務員
4.教員　5.会社経営　6.自営業　7.主婦　8.その他（　　）

●ご意見、ご感想などありましたら、是非お聞かせ下さい。

●ご感想を広告等、書籍のPRに使わせていただいてもよろしいですか？
※ご使用させて頂く場合は、文章を省略・編集させて頂くことがございます。
（実名で可・匿名で可・不可）

●ご協力ありがとうございました。今後の参考にさせていただきます。

そして、若い女であるなら、奴隷にしても文句の出にくい獣人の方がいい……といったところか。反吐が出そうだし、こういう状況で事細かに聞くべきことでもない。

男の獣人も労働力として奴隷にされているらしいが、それとは別ベクトルの下衆さがある。

「それも蛮王軍の仕業か？」

「そういうこともあるし、奴隷狩りを専門にしている連中が山に入り込んでくることもある。蛮王達が来る少し前に、どこかに行っちまったけどな」

「奴隷狩り、か」

ウィルザードがアーニャを助ける時に会った蛮王軍の連中も、小遣い稼ぎにアーニャを捕まえて売り飛ばそうとしていたのかもしれないが、ルーガンの話からすれば、本職の奴隷狩りとは別口なのだろう。

蛮王達が来ると聞いて姿を眩ませたようだが、そういう連中が戻ってくる可能性も考えないといけないかもしれない。

「……まあ、とにかく。この子も僕達の村に迎え入れよう。この風呂は、人を受け入れる余裕があることの目印だな」

こんなものができているのを見れば、それを成したのは誰かという話になる。

自分達の生活レベルを上げてくれる者がいるならば、短期的な利を見て奪うより、長期的な将来を見据えて従う方がいい。そしてそれが〝真の王〟によるものであるならば、より一層効果はある。

それで集まるのが必ずしも善良な者ばかりとは言えないが、自分達こそ庇護者であると示すのは短期間で人を集める手立てとしてはちょうど良いはずだ。

何しろ、ウィルザードの最終的な目的は、人を集めることではない。

遠からず来る蛮王軍と戦うために、村人達を〝戦える人間〟に鍛えなければいけないのだから。

そして、それには……魔法こそが、最適なのだ。

◆

さらに一週間が経過した。

未だ名前のない村には、早くもたくさんの獣人達が集まっていた。

ツリーハウスも増え、山頂の選定の剣の台座がある広場では、ウィルザードによる魔法教室が開かれるようになった。

魔法を上達させたムルも補助役として加わったおかげで、魔法とはウィルザードだけができる奇跡ではなく、皆にもできるものである、という認識を浸透させるのに役立っていた。

「……だから魔法は決して秘密の力でもなければ、血筋に受け継がれる秘伝の類でもないわけだ」

「でも、ウィルザード先生。俺のいた街では、どの魔法使いも先生みたいなことはできませんでしたよ」

質問する山羊(やぎ)獣人の男にウィルザードは頷いて応える。

この世界では、魔法使いと名乗ると、どうしても祈祷師や呪術師のイメージが先行するらしく、第一印象で大きな誤解を与えてしまう。

それに配慮して、ウィルザードは魔法を創る……〝創魔士(そうまし)〟と名乗ることにしていた。

興味が全ての入口とは言うが、聞いたことのない職業を名乗ることで、魔法に対する興味を煽ろうという魂胆(こんたん)だ。

実際、そうやって創魔士と魔法使いを区別しておけば、心理的な抵抗が低くなる効果も期待できた。

「それはつまり、僕のような創魔士が一般的じゃなかったからだな。魔法が本来どういうものかを考えて使う魔法使いが、あまりにも少なかった。祈りのように漠然と他者を頼るのではなく、自ら〝こうしたい〟というイメージを頭の中で作ることが重要なんだ」

「なら、俺でも創魔士になれますか!?」

別の猫獣人の男に問われ、ウィルザードはもちろんだと頷く。むしろ、最終的にはそうなってほしいのだ。ウィルザードがいなければ魔法文明が発展しないというのでは、アルダンが課した魔法文明育成計画は失敗したも同然だ。

「まあ、まずは魔法を使えるようになるところから始めるべきだ。さあ、今日は明かりの魔法の復習だ！」

「はい！」

元気な声が広場に響く。この魔法教室に参加しているのは村人全員ではなく、二十人ほどだ。村を運営するには魔法の勉強だけやっていれば良いというものではなく、食料やその他の生活必需品の調達も重要である。

そのための畑仕事に出ている者もいるし、ウィルザードが新たに作った鍛冶場では、経験のある者が中心になり、例の赤水晶を使って鍛冶作業を行なったり、土を焼いて食器や家具を作ったりしている。

広場に集まった二十人は、その中でも魔法使いとして戦うことを選んだ者達というわけだ。

ルーガンも二日に一回は魔法の練習に参加するのだが、それ以外は体を動かす方が得意という者を集めて武器の取り扱いを教えている。

この武器に関しては、鍛冶師達の努力の賜物（たまもの）であることは言うまでもない。

ちなみに一週間前に救ったパルメは服飾関連の技能があったらしく、植物から糸を作り出す作業に取り掛かっている。

ウィルザードに相応しい服を作るのだと張り切っていたが、そこまでいくのはかなり時間がかかるだろう。

それでも、パルメのやる気に影響されて服飾部門とも言うべきものが出来上がりつつあり、いずれウィルザードが魔法で服を出す必要がなくなる日も遠くはないかもしれない。

そしてアルフを中心とした大工達は今、村の地域を囲う柵造りに着手している。

蛮王達が撤退してから時間が経ち、そろそろ奴隷狩り共が戻ってきてもおかしくはない。それでなくても、モンスターの問題がある。

そんなに多くはないが、この山にはモンスターがいる。

こう人が集まっていては、いつ襲われるか分かったものではない。柵があれば外敵の侵入を防ぎやすいし、当然、これは蛮王軍に対する備えでもある。

そういう大事なものなので、彼らは頑張っているようだ。

この山は、標高はそれほど高くはないが、面積が広いので逃げ込んだ獣人達は多い。

しかし、全ての獣人が村に合流したというわけではなく、未だに他者が信用できずに隠れ住んでいる者も多い。

中途半端に集まることで、奴隷狩りに一網打尽にされるのではと警戒している者もいるだろう。

そういった者達を全て集めるとなると……彼らの不安を払拭するような何かが必要となる。そのためには王たるアーニャの活躍が重要になるわけだが……とはいえ、彼女だけに背負わせるわけにはいかない。

村に住む者の顔や態度に出る自信や希望も重要な要素であり、この魔法教室も、彼らにそれを与える一環であったりする。

「もっと想像するんだ！　君達の考える〝明かり〟を、具体的に思い浮かべるんだ！　月でも星でもなんでもいい！　明るいと思うものを、手元に具現化するつもりでいくんだ！」

「はい！」

ウィルザードの声に魔法教室の生徒達が元気な声で答える。ウィルザードのようになりたい、という一心が彼らを支え、魔法を学び、実現する原動力となる。

「さて、今日の魔法教室は終了だ！」

しばらく時間がたった後に、ウィルザードがそう宣言する。

生徒達は一礼してあちこちに散っていった。彼らにはこれから見回りなどの安全確保の仕事が待っている。

ムルも、調理の手伝いをするべく炊事場へと向かっていく。

彼女は魔法使い見習いでウィルザードの助手を務めるほどではあるが、実に働き者だ。

そんな生徒達がいなくなった後、今度はアーニャがひょっこりと顔を出す。

王たる彼女の役割は政治であり、戦いであるが、今はどちらの仕事もないに等しい。

結果として、ルーガンの訓練に参加したり、魔法の自主練をしたりしていた。

杖を使う他の魔法使い見習い達と違い、アーニャは杖ではなくクラウンソードを手にして魔法を使う。

これは、下手に杖を使うよりもクラウンソードの方がアーニャに合っているとウィルザードが判断したからだ。

ちなみにサークレット形態……通称クラウンサークレットの状態でも、それを意識すれば魔法の発動成功率が杖より上がることも分かっている。

このところ、アーニャも魔法を使うことには慣れてきているが、魔法創造に関してはまだまだ失敗続きだ。もっとも、ムルも上手くできていないので、似たようなものである。

「えっと……そろそろいいかな？」

「もちろんだ。アーニャ、おいで」

ウィルザードが微笑むとアーニャはパッと顔を輝かせて近寄っていく。

村人が増えるにつれて二人が一緒に過ごす時間は減っていたので、アーニャはこの時間を大切にしていた。

一緒にいるという意味では、ウィルザードはアーニャと同じツリーハウスで寝泊まりしているが、ムルもいるので二人きりにはほど遠く……

「さて、では今日はアーニャにとって一番大事とも言える強化魔法の復習だ。これはただ使えるだけじゃなく、戦闘で使いこなせないと意味がない。何しろ、相手は力自慢の蛮王だ」

ウィルザードは再び口を開くと、教師の顔に戻る。

彼にとってアーニャは〝我が王〟であり、魔法の個人授業も真面目(まじめ)そのもの。そこに一切の妥協(だきょう)はない。

本気でアーニャのことを考えてくれているだけに、アーニャとしても嬉しさ半分寂しさ半分だ。

「う、うん」

「具体的には、強化の持続時間が課題だな。最大限まで強化して一瞬で勝負をつけるというのも浪漫はあるが、それはさすがにアーニャの体に負担が大きいし、失敗したときのリスクが高い。僕としては、安定して長時間戦えるようになることを勧める」

ウィルザードはそこで一度言葉を切って、正面からアーニャを見つめる。

「さて……強化の持続時間を長くするのに必要なものが何か、アーニャはもちろん覚えているよな？」

「え⁉　え、えーと……長く戦えるイメージ、だっけ？」

「半分正解。一番大事なのは魔力の安定運用だ。それをするためにはイメージが不可欠ではあるが、何より魔力の取り扱いに慣れることだな。できる、という確固たるイメージには、そういう積み重ねが必要だ」

できると信じることが魔法の神髄。

しかし、裏付けなしに最初から〝できる〟と信じられる人間はそうはいない。

ムルのようにいきなりできてしまう一種の天才もいるが、全ての人間に天才たれというわけにはいかない。

だからこその努力であり、〝こんなに努力したんだからできる〟という自信は、一番到達しやすいゴールなのだ。

魔法に杖を使うのも、詠唱するのも同じ理由。これらは信じるためのツールにすぎない。

本来は、そんなものがなくても魔法は使える。けれど〝魔法とは杖と詠唱を用いるもの〟というイメージは、転ずれば〝杖としっかりした詠唱さえあれば自分にも魔法が使える〟という認識を生む。それが〝魔法が使える〟と信じることに繋がり、魔法使いの人口増加に寄与する。

才能ではなく、技術。魔法使いが神頼みの祈祷師の類ではないという事実を広めるための小道具であり、魔法文明発展のための手段なのだ。

アーニャが、クラウンソードを手にしていると魔法が上手く使えるのもまた、この剣にそういう神秘が宿っていると信じているからに他ならない。いずれそれは自信に繋がっていくだろうが、そういう取っ掛かりから始まるものだ。

そして、〝魔法を使いたい〟は、やがて〝魔法を創りたい〟に発展するだろう。

ただの魔法使いではなく、創魔士になりたい。そう考える者が現れ、実践してみせた時、魔法文明発展の花が咲くのだ。

だからこそ、身近に蛮王という分かりやすい悪役がいてくれたことは、ウィルザードにとってはありがたかった。

なんの良心の呵責（かしゃく）もなく、伝説の始まりを創ることができるのだから。

◆

その夜、アーニャ達はツリーハウスの中で食卓を囲んでいた。

数日前からムル以外の子供達は、他の獣人のもとで世話になっている。

おかげで、手狭だったこのツリーハウスが少し広く感じるようになってきている。

ちなみにムルは〝絶対にウィルせんせから離れない〟と強く宣言して残ったのだった。その言葉を証明するかのごとく、今もウィルザードにべったりだ。

寝る時もべったりだが、さすがに食事中にくっつかれると少し動き辛いので、ウィルザードも苦言を呈さずにはいられない。

「ムル。何度も言ってるが、少し離れてくれ……食べにくい」

「大丈夫、食べさせてあげる」

「僕はまだ介護（かいご）される歳じゃないぞ……」

ぐいと押されたムルは、ようやく食べさせるのを諦めたが、ウィルザードの側から離れることはなく、自分の皿の上のパンに手を伸ばす。

これにはウィルザードも観念したようで、ムルの顔には勝利の笑みが浮んでいる。

ムルは平べったく焼いたパンを千切り、スープに浸（ひた）してもぐもぐと頬張る。

まともな食事が取れなかった頃から比べると、この食卓は格段の進歩である。

これをもたらしたというだけでも、ムルが懐くには充分だとアーニャには思えた。

さて、ウィルザードはといえば、ムルと同じようにパンを咀嚼しているのだが……彼は食事中いつも、ほんの少し残念そうな顔をする。

今日もやはり同じで……アーニャはそれが気になって、正面に座る彼の顔を覗き込む。

「ん？　どうしたアーニャ？」

「どうした？　は、こっちの台詞だよ。何か気になるの、ウィル？」

言われてウィルザードは、きょとんする。本当に分からないといった顔で、アーニャを見返した。

「え、僕か？」

「そうだよ。いつも食事中になんだか残念そうな顔するから」

「そんな顔してたか？」

「うん」

ウィルザードはムルに顔を向けるが、彼女もコクコクと頷く。

ウィルザードは〝ふーむ〟と唸った後、こう切り出した。

「そうだな、気にならないことがないわけじゃないんだが……くだらないことでね」

「うん」

「……パンがね。もっとふわふわの丸いパンを作れないものかと思っていたんだ」

ウィルザードにとってパンとは、ふわふわの丸いパンだ。

もちろん、外がカリカリな棒状のパンも好きだが、目の前にあるパンはどちらかというと、アースではナンと呼ばれたものに似ている気がする。

正確にはもっと違う何かのようだが。

もちろん、ウィルザードの魔法でふわふわパンを出すことはできる。しかし、それはパンという結果を得られるだけであって、製法が分かるわけではない。

こんな味でこんな形で材料が小麦だの大麦だのを使うとか、なんとか菌とか酵母(こうぼ)がどうのという話は知っているが、それを具体的にどうすればいいのか、ウィルザードには分からない。

それが分からないと、主食として普及させるのは困難なのだ。もちろん、全て魔法でなんとかしてもいい。〝パンを出す魔法〟を広めれば解決可能だろう。しかしそれは健全な進化とは言い難いし、そこから先の進歩もない。

まあ、それを言い出したら、今はパンを焼くための小麦もウィルザードの魔法で出しているのだが……

「パンかあ……確かにパン屋さんはいないものね」

「自宅で焼いたりはしなかったのか？」

「うーん。パン屋さんもそうだけど、そういう技術って門外不出らしいから。パン屋さんはパンギルドっていうのがあるらしいよ？」

今はギルドもパン屋さんもなくなっちゃったけどね、と続けて、アーニャは寂しそうに笑う。

ウィルザードはなるほどと頷く。

極論だが、誰でもパンを焼けるのなら、パン屋の商売は成り立たない。

そういった、金を生む技術を守るためにギルドというものがあったのだろう。

職人の技術が門外不出なのは、世界が違おうと時代が違おうと変わらない。

「そうか。なら仕方ないな。まあ、この山の中にパン職人が隠れ住んでいるなら、いつか色んなパンに出会えるだろうさ」

「そうだね」

平べったいパンを口に運びながらも、ウィルザードは思う。

国が滅んで、今この場には柔らかいパンを焼く技術がない。それが魔法だったとしても、やはり同じことが言えるだろう。

つまり、ウィルザードは誰もが魔法を当然使える世界を目指さなければならない。

戦争や災害によって魔法技術が潰えてしまうようではダメなのだ。

その第一歩が、アーニャの国。どこまでできるかは分からないが、やるしかない。

「お、このスープは美味しいな」

「あ、でしょ？　干したキノコを使ってるんだ」

「出汁か。やっぱりそういうのは大事だよな」

言いながら、ウィルザードはスープを口に運ぶ。

生活の向上という点では、できれば畜産などにも手を出していきたいが、今のところは野鳥を捕ることで間に合わせている。

下手に魔法で生物を作ってしまっては、魔法文明以前にこの星の生態系が崩壊しかねない。

何しろ、ウィルザードが魔法で作れる……というか想像できる生き物は、生まれ変わったリアースではなく、アースの生物だ。

何かの拍子で交雑（こうざつ）してしまっては、どんな問題が起こるか分からない。彼の手でコントロールできない事象だとすると、手を出すべきではない。

それがウィルザードの考えだった。

「……そういえば、モンスターって食えるのかな」

ウィルザードはふとした疑問を口にする。

「うーん。食べられるとしても、私は食べたくないなあ……あんまり贅沢を言える生活じゃないけどさ」

「うん、僕もだ」

「いらない」

ムルも首を振り、全員の意見が一致する。

どちらかというとモンスターはゲテモノだし、人食いの怪物を食べたいとも思わない。それはある意味、当然の感情だ。

うのか。

「モンスター……あ、そういえば」

「え？」

突然、ゴソゴソと懐から水晶玉を取り出したウィルザードを、アーニャは首を傾げて見守る。

彼の水晶玉が神様――アルダンと連絡をとるためのものだとは知っているが、一体何があるとい

疑問符を浮かべるアーニャの前で、ウィルザードは魔力を流し込んで水晶玉を起動させた。

すると……なんの冗談か、可愛らしい寝間着姿のアルダンが映った。

ふわふわの玉のついたナイトキャップまで被っているその姿を見て、ウィルザードは反射的に水晶を停止させようとする。

しかし、向こうから何か制御しているのか、映像は切れない。

「おいおい、いきなり切ろうとするなよ。酷い奴だな」

舌打ちするウィルザードに、アルダンが抗議の声を上げる。

「そんな意味の分からない格好で、何言ってるんだ」

「そっちこそ、何言ってるんだ。どう見たって寝間着だろ？」

「そんなことは見れば分かる。なんでそんな格好してるんだ」

「可愛いだろ？」

水晶玉の映像が〝引き〟になり、全身像が映し出される。

青い生地に、白抜きされた無数の大きな星。夜空をイメージしたパジャマなのかもしれないが、画面が切り替わったことで背後の可愛らしい部屋まで映っている。

「大体、その部屋もなんなんだ。僕がそっちにいた時にはそんなのなかったが？」

「そりゃあ、作ったに決まってるじゃないか。あんな殺風景な部屋じゃあ、どこの牢獄だよって話だろう。で、このパジャマ、どうだい？」

ウィルザードがそれに答える前に、ムルとアーニャが食いついた。

「かわいい」

「うん、可愛い……。どうやって染めてるんだろう……」

「だろだろー？」

アルダンは上機嫌に水晶玉の中でくるりと回ってみせる。

その姿は少女そのものだが、そんな可愛らしい存在じゃないと知っているだけに、ウィルザードは肌寒さを覚えた。

「そんなに気に入ったなら、今度生地を魔法で作るか」

「うーん。〝王様〟としては、生地の作り方の方が気になるっていうか……。あ、でもそれはそれで嬉しいから、今度作って欲しいな」

「ああ、分かったよ」

元々こういう話をするために水晶を起動させたわけではないのに、妙な空気になってしまった。

ウィルザードはニヤニヤするアルダンを睨みつけ、咳払いを一つしてから話題を転じた。

「……で、だ。こんな話をするために呼んだわけじゃないんだ」

「そりゃそうだろうね。で、なんの用だい？」

「モンスターのことだ」

村に集まった獣人達に聞いてみると、モンスターは非常に厄介な存在であることが分かった。

まず、攻撃が非常に効きにくい。

殴っても斬ってもほとんど傷を負わせることはできず、〝聖武器〟と呼ばれる特別な武器がなければ対抗できないため、被害が甚大になるのだという。

そして、モンスターの生態も謎に包まれていた。全滅させたと思っても、いつの間にか増えているという。

それ故に、いつまでたっても安心できない。そういう化け物だというのだ。

「そんな危険な存在がいるとは聞いていないぞ。あれは何なんだ」

「あー……モンスターか」

アルダンは何かを誤魔化すように言葉を濁すと……アーニャとムルの二人をちらりと見やる。

「話してもいいんだが、これはちょっとデリケートな話でね。私とウィルザードの二人だけにしてほしいんだが」

「あ、はい……じゃあムル、ちょっと下に行ってよう？」

「うん」

気を利かせたアーニャがムルを連れてツリーハウスから出たところで、アルダンは再び口を開いた。

「さて。で……モンスターについてなんだがね。アレは、この世界への課題だ」

「課題……？　どういうことだ」

「そうだな。これは旧アースの話にも関わることなんだが……ウィルザード、明らかに強いと分かっているが、それ以上のことが分からない敵対的な存在に、どう対処する？」

「最大威力の攻撃を可能な限り連続で叩き込む」

それしかない。どれだけ強いか、どれだけ耐久力を持っているか分からないなら、それ以外に対処法はない。

特殊な能力の有無を気にして様子見するなど、絶対的強者による余裕にしか有り得ないのだ。

アルダンは、そんなウィルザードの答えに満足そうに頷くと、今度はこんな質問を投げかける。

「なら、過去に似たようなモノと戦ったことがあるならどうだい？」

「傾向と対策が分かっていれば、適切な攻撃手段を選べる。かなり楽になるな」

「つまり、そういうことだね」

そこで、ウィルザードは〝まさか〟と息を呑む。今の話から導き出される答えは一つしかない。

「……モンスターは魔王との戦いに向けた練習台ってことか？」

「なかなか良い表現だね。そうさ、あれは魔力を含まない攻撃では倒しにくい……まあ、そのくらいの相手だ。能力に関しては個体差があるが、そういう存在がいると予め知っているのと、そうでないのでは、大分違うだろう？」

「それにしては、魔法じゃなくて聖武器がどうのって話になっているけどな」

「仕方ないさ。魔法に関する状況が壊滅的だったからね」

言いながらアルダンは肩を竦める。

神様の力がどうのこうのと言っている段階では仕方がないかもしれないが、聖なる武器を持った勇者が云々(うんぬん)……などと広まってしまってはたまらない。

まあ、これからウィルザードがもっと魔法を広めていけば、モンスターに魔法が通じるという認識も広がっていくだろう。

「で、その聖武器ってのはなんだ？　どうせ知ってるんだろ？」

「なんでも私のせいみたいに言うなよ。あれはこっちの世界の人間が作った物だ……といっても、聞いたら笑うと思うがね」

この世界の魔法は、ひどく原始的だ。

祈って雨を降らせたり、火の勢いを強くしたり……まあ、その程度の曖昧なものだ。しかし、その程度であっても、それは確かに魔法による現象なのだ。

「つまり、神官とかいう連中が祈って強めた炎には魔力が宿っているわけだ」

「ああ」

「で、その〝聖なる火〟を使って、お抱え鍛冶師が武器を鍛えると、魔力が多少宿った武器……つまりモンスターを傷つけられる聖剣やら聖槍やらの出来上がりってわけだ」

「……ああ、なるほど」

つまり、意識しないまま魔法を扱い、ほぼ偶然のような形で聖武器とやらが出来上がったことになる。

「……ん？」

そこまで考えて、ウィルザードは何かを思い出そうとこめかみをトントンと叩き……ようやく、ある事実に思い当たる。

「待てよ。ということは……」

「あ、気付いたかい？」

ニヤニヤとしたアルダンの笑みの意味を、ウィルザードはようやく理解する。

「……ああ、そういうことか。赤水晶で火を出して作るこの村の武器は……いや、金属器は全部〝聖なる品〟ってわけか？」

「大正解。意図してやってるわけじゃないんだろうけど、凄いな。聖具が溢れる村なんて前代未聞だ。金銭に換算すれば、途方もない価値なんじゃないか？」

頭が痛くなりそうな台詞に、ウィルザードは思わず眉間を押さえた。

つまり、風呂場で使っている水は聖水の類だし、鍋は聖鍋、包丁も聖包丁。聖なる器具の大バーゲンになってしまう。別にそれはそれで構わないのだが、〝聖なる〟などというお題目で祭り上げていてはそこから先がない。あくまで技術の一つとして普及していかなければなんの意味もないのだ。

「……その辺りの根本的な話から改善するのは難しそうだな」

「なあに、君ならなんとかなるさ」

「簡単に言ってくれる……」

本当に気楽そうに言うアルダンに、ウィルザードは少しばかりイラっとしながらも今後の教育について考えるのだった。

◆

アーニャ達のいる山とは少し離れた位置にある蛮王配下の街、ヴェルクト。

この街を治める代官の城の一室で、蛮王ベイガンは苛立ちを露わにしていた。

普段は代官がふんぞり返っている贅沢な部屋で酒を飲んでいたベイガンは、ノックの音に応え、不機嫌さを隠しもせずに〝入れ〟と告げる。

「お、おはようございますベイガン様。本日もご機嫌麗しゅう」

「つまらん世辞はいらん、もう昼だ。それより……見つかったんだろうな」

「そ、それが……やはり、その。祈祷師紛いの連中しか――ヒッ！」

グラスが宙を飛び、代官のすぐ側の壁にぶつかって大きな音を立てて割れる。

ベイガンが代官に命じたのは、祈祷師の類ではない〝本物〟の魔法使いを見つけることだ。

ウィルザードの力を目にして魔法に関する認識を改めたベイガンは、すぐにこの命令を下した。

直接王都に戻って探してもよかったのだが、一番優先すべきはクラウンソードであり、これを放置して離れるわけにはいかない。

今この場にいる兵は代官のものを合わせて三百ほど。そのうち代官の兵は二百いる。これを山の見張りに当たらせておけば、少なくともアーニャとかいう小娘に逃げられることはないだろう。

小娘との戦いで負った傷はとっくに完治した。

ウィルザードのような力を持つ魔法使いは見つからなかったが、そうそういるものではないことは分かった。不安要素はない。

ならば後は、奪うだけ。

王都からもっと兵を連れてくることはできるが……すぐに動かせるのは千。直属の兵と代官の兵を合わせて千三百ほどになる。

時間をかけて国境沿いから寄せ集めれば、さらに三千といったところ。

もっとも蛮王は、弱い獣人ごときにそれほどの数が本当に必要となるとは考えていない。

警戒すべきはあの剣と、魔法使いのウィルザードだけだ。

最悪、自分一人で事足りる――そう思えるほどの絶対的な自信がベイガンにはあり、他の騎士や兵士達は露払い（つゆばらい）にすぎないとすら思っていた。

実際、彼は今までどんな強者だろうと屠ってきたのだ。

あのアーニャとかいう小娘だって、油断しなければ虫を踏むより簡単に勝てる。

そうなれば、クラウンソードとて真の主が誰か認めざるを得ない。必ず自分の手元に来る――そう確信していた。

そして剣を手にしたら、以降は本物の魔法使いを集めての本格的な他国侵攻を開始する。

本物の魔法使い達は彼の覇道を大いに助けるはずだ。そう考えて代官に近辺を捜索（そうさく）させているというのに……未だに一人も見つかってはいない。

「無能が。命令したことを達成できぬようでは、お前の処遇も考え直さねばならんな」

「お、お待ちください！　今全力で探しております故、それだけは！」

代官は真っ青になって平伏する。

蛮王ベイガンに見捨てられるということは、最低の地位に落ちるということ。そうなれば、二度と浮かび上がる目はない。

しかし魔法使いの中にとてつもない力を秘めた〝本物〟がいるなど、代官は聞いたこともなかった。

金の卵を産む鶏を見つけよと言われるような無茶にしか聞こえないのだが、蛮王の言葉を疑っているると知られれば、最低の地位どころか首をねじ切られかねない。

「どうか、どうか心安らかにお待ちを！　必ず吉報をお届けします！」

「ふん……どうだかな。お前にはもう期待してはおらんわ」

「今しばらくお待ちを！　失礼いたします！」

転がるように逃げていく代官に、ベイガンはつまらなそうに鼻を鳴らす。

獣人の国を滅ぼして併合したことで領土が増えたが、国が大きくなるにつれてくだらない部下も増えてしまった。

あの代官も獣人を奴隷にするのはいいが、欲の対象にするというのは実に理解できない。

自分に夜伽の相手として薦めようとしてきた時には殴り殺してやろうかと思ったほどだ。

強い者には、強い女こそが似合う。たとえば、騎士国家を名乗る隣国の姫などは実にいい。真の王の証たるクラウンソードを手中に収めた暁には、真っ先に攻め込もう。

そんな妄想に浸りながら、ベイガンは酒を瓶のまま呷った。


「くそっ、くそっ……！　なぜ私があのように罵られねばならんのか！」

蛮王への報告を終えた代官は、普段は補佐官が使っている狭い部屋の中で、机に怒りをぶつけていた。

選定の剣を引き抜いてくると息巻いて出かけたと思ったら、山から帰ってくるなり〝本物の魔法使いを探せ〟などという意味不明な命令。しかも祈祷師ではない本物の魔法使いなど、聞いたこともない。

しかも結局、選定の剣は他の誰かに引き抜かれたというではないか。

恐ろしくて本人にはとても言えないが、そんな様でよくまだ王などと名乗っていられるものだと代官は思う。

……だが、蛮王が王と呼ばれるに相応しい実力を示してきたのも事実。

決闘で負けたことはないし、小国にすぎなかったこの国に強大な軍隊を築き、周辺国に睨みを利かせてきた。

彼に気に入られることはこの国で出世する近道であり、嫌われることは破滅への直行便だ。

となると、絶対に本物の魔法使いとやらを見つけなければならない。しかし、どうすればいいのか。

代官は頭を掻きむしる。

「……待てよ。王が本物の魔法使いとか言い出したのは、確か……あの山から帰ってきてからのことだ」

となると、そこでその本物の魔法使いとやらに出会ったのではないか？　つまり、目当ての魔法使いは山にいる可能性が高い。

「ならば話は簡単だ。すぐにあの山を攻める準備を……」

口に出して言いかけた瞬間、部屋の扉が乱暴に叩かれた。

「誰だ！」

「代官殿、王より伝言です」

「……入れ」

渋面(じゅうめん)を作りながら、代官は扉の向こうの騎士に声をかける。

彼は代官の部下ではなく、蛮王直属の騎士。たとえ格下の平騎士であろうとも、無下(むげ)に追い返すわけにはいかない。

騎士は扉を開けて一礼すると、淡々と蛮王からの伝言を告げる。

「選定の剣の山は、王自らが軍を率いて制圧するとのこと。それに伴(ともな)い、一度王都に戻られるそうです。代官殿もそれを見越し準備をされるようにと」

「んなっ……し、しかし、魔法使いとやらの探索は」

「確かにお伝えいたしました。それでは」

去っていく騎士の背中を呆然と見送り、代官は再び机を叩く。

「……だが、まだだ。王が一度都に戻られるというのであれば、チャンスはある」

このまま無能扱いされていては、代官に未来はない。ならば蛮王の国の者らしい戦果でもって、自分の能力を示すしかない。

……そう、つまり、蛮王が王都に帰った後、すぐに選定の剣の山に攻め込み……選定の剣と魔法使いを手に入れ、献上する。

もちろん蛮王は良い顔はしないだろうが、結果さえ出してしまえば咎（とが）められることはなく、それに見合った評価が下されると、代官は知っていた。

結果を出せば全てが許され、そうでなければ断罪される。それが蛮王の国の唯一のルールなのだ。

山の中に隠れ住む獣人共など、配下の兵二百をもって当ればすぐに蹴散らせる。蛮王が戻ってくる頃には、全てが終わっているというわけだ。

「おい、誰か！　王のご命令だ！　いつでも戦えるように準備をしろ……今すぐだ！」

代官の大声が響き、城が騒がしくなる。

それにしても、蛮王はなぜ今すぐこの街の全兵力で攻めないのか——血気に逸（はや）る代官はそんな疑問を抱くことすらなかった。故に蛮王に無能と思われているのだが……それを彼は知る由（よし）もない。

◆

そして、さらに八日後。

アーニャ達が暮らす山の中に、獣人ではない……明らかに優人と思われる数人の男達の姿があった。彼らは奴隷狩りの一団であり、蛮王が恐ろしくてここ数日は山に近寄りもしなかった者達だ。

しかし蛮王が撤退していったと聞き、商売を再開するチャンスと見て戻ってきたのである。

彼らが今狙っているのは獣人の若い女。美しければさらにいい。一部の変態――あくまで優人の感覚での変態ではあるが――の獣人好きの金持ちに売るための、女獣人を探している。

この山で何人かそういう上物(じょうもの)を捕らえた成功体験があったからでもあるが、蛮王の駐留後も、この山は変わらず獣人達が逃げ込む場所になっているという噂があるからだ。

とりあえず一人でも見つかれば大金になる。二人見つかれば万々歳(ばんばんざい)。実に楽な狩りとばかりにやってきたのだが……なぜかさっぱり獣人が見つからない。

「おかしいな……」

「ああ。前はこれだけ探せば男くらいなら見つかったのに、それもねえ。まさか蛮王に殺されちまったか？」

奴隷狩りの男達は顔を見合わせる。

「手当たり次第間引(まび)かれたなら、もう分かりやすい場所には残ってねえかもな……チッ、いい迷惑だぜ」

そう言いながらも、手ぶらでは帰れない男達は、獣人を探して山道を歩き続ける。

夜も更(ふ)けてきた頃、彼らは奇妙なものを発見した。

「……なんだこりゃ」

それは、明らかに人が作った木の柵。蛮王の配下の仕業かと一瞬考えたが、男達はすぐにその正体に思い至る。

「なるほどなあ……」

「獣人共が作ったのか。てことは、この先でスヤスヤお休みってわけだ」

「獣除け(けものよ)のつもりか？　自分らも獣と大して変わらんくせになあ？　くくく……」

逃げられるのを警戒して小声で話す奴隷狩り達は、柵を壊すべく剣を引き抜こうとする。

しかし、次の瞬間。剣を振り上げた一人に矢が突き刺さる。

「えっ」

無数の矢を生やして倒れた仲間の姿を認識できなかった奴隷狩り達は、響く笛(ふえ)のような音に驚き、音の聞こえてくる上方へと目を向け……驚愕する。

「な、なんだありゃ⁉」

そこにあったのは、木の上にある小屋。

明らかに見張り小屋であるそこには弓を構えた射手の姿があり、角笛(つのぶえ)のようなものを吹いている獣人の姿もある。

「んなバカな……なんであんなもんが⁉」

「おいヤベえぞ！　撤退を！」

「ふざけんな！　獣人如きにビビって逃げたなんてあっちゃ……うげっ！」

再び矢の雨が降り、そのまま次から次へと男に突き刺さる。

確実に一人ずつ仕留めにきているその動きと正確さに、奴隷狩りの男達は明らかに恐怖を感じはじめる。

自分達優人の姿を見れば尻尾を巻いて逃げていた獣人とは違う。

このわずかな間に一体何があったというのか？

聞こえてくる無数の足音は、獣人による迎撃部隊か。相手は明らかに自分達より数が多いと理解し、奴隷狩りの男達は泡を食ったように逃げはじめる。

優人のプライドなんて、もうどうでもいい。

今すぐにこの場から逃げなければ、命が危ない。

「逃がすな！　全員仕留めろ！」

「おお！」

「奴隷狩りのクソ共め、ブッ殺してやる！」

真新しい武器を構えて走ってくる獣人達を見て、奴隷狩り達はもはや逃げきれないと悟る。獣人は優人より足が速い者が多い。獣人の逃げ足を知っているからこそ、逆に追われたら逃げ切れないこともまたよく分かっていた。

だから、彼らは武器を抜く。

「くそ、来てみろ獣人共が！　思い知らせてやる！」

そう叫んで、奴隷狩りの男の一人が飛び掛かった。

何を考えているのか、相手の獣人は木の杖などを構えている。武器が足りなかったのだろうが、だからといって木の杖でどうにかなると考えているなら、こいつは馬鹿だ。

どうせ殺されるならせめてこいつを――そんなことを考えている男の視線の先で、獣人が杖の先端を奴隷狩りの男へと向ける。

「火球（ファイアボール）」

「えっ」

ゴウ、と音を立てて放たれた火球が、男の顔面を焼く。

何があったのか理解できないまま、男は続く獣人達の槍に貫かれて絶命し、他の奴隷狩り達も次々に斬り倒される。

あっという間に全滅した奴隷狩り達を前にして、獣人達は歓声を上げる。

今まで逃げるしかなかった奴隷狩り達に、ようやく一矢報（いっしむく）いることができた。これからは狩られるだけではなく、戦える。その事実が、何より嬉しかった。

これなら、きっと蛮王の軍とも渡り合える。彼らの中にそんな希望が生まれていたことも、歓声の理由だっただろう。

新しい武器も手に入り、魔法も実戦で使えることが証明された。

狩られ、奪われるだけの日々は終わりを告げたのだ。

そして、そんな日へと導いてくれた選定の剣の主たるアーニャ王に、そして偉大なる創魔士ウィルザードに感謝を。

男達が雄叫(おたけ)びを上げる。

「戦える……俺達だって戦えるんだ！」

「守るんだ。新しい村を……新しい国を！」

たかが数人の奴隷狩りの討伐(とうばつ)。人数差からいえば当然の結果でしかないだろう。

しかし、それは反撃のための儀式でもあった。

今まで恐れる対象であった優人と渡り合えると知ることは……これから迎えるであろう蛮王軍との戦いには、何よりも重要であったのだ。

その光景を離れた場所から見ながら、ウィルザードは隣のアーニャへと語りかける。

「これからが大事だぞ、アーニャ」

「……うん」

勝利に沸く仲間達と無残に斬り殺された奴隷狩り達を交互に見て、アーニャは複雑な表情を浮かべる。

反撃のための第一矢。虐(しいた)げられた者達の逆襲。そう言えば聞こえはいいが、互いの力関係が逆転した時、いつでも獣人達は〝獣耳の生えた優人〟に成り得る。

そうはさせないのが、アーニャの手腕であり……選定の剣クラウンソードという権威だ。

「王様って、怖いんだね。これを治めなきゃいけないんだ」

「そうさ。導くだけじゃない。君が彼らを統率する。それが王の責務さ」

「王の、責務」

アーニャは俯き、自分の両手をじっと見て黙り込む。

「怖いかい？」

「うん、怖い……けど。〝私の魔法〟は……見えた気がする」

「……！　そうか」

その言葉にウィルザードは驚き半分、喜び半分の顔で応える。

まだまだ出会ったばかりの頃のアーニャのイメージばかりが先行するが、彼女は彼女なりに王のなんたるかを考えている。

そんなアーニャの生み出す魔法がどんなものか……ウィルザードは、想像できぬ魔法の進歩の兆しに笑みがこぼれそうになるのを抑えていた。

「なんかウィル、悪い顔してる」

「そ、そうか？」

まあ、アーニャにはバレバレのようではあったのだが。

次の日、ツリーハウスとも魔法教室とも離れた場所にある切り株の一つに、アーニャは座っていた。

魔法。

魔力という力によって実現する、万能の力。

信じることが始まりであり、全てであるという。

理屈は納得しているし、ウィルザードだけではなく、ムルや村の獣人達もその力をすでに受け入れている。

アーニャだって、受け入れていないわけではない。

ただ、浮かばないだけなのだ。自分がウィルザードのように魔法を使いこなす姿が思い描けない。

ムルや他の獣人達がウィルザードのようになりたいと考えているのとは違い、アーニャにとってウィルザードの使う魔法は彼を象徴するものだった。

アーニャの望みはウィルザードの隣にいることであって、ウィルザードになりたいわけではない。

そんな微妙な心がアーニャの魔法創造を妨(さまた)げていることは、彼女自身も理解していた。

ウィルザードの延長線上にいる自分ではない自分。そんな魔法が、昨日までは思いつかなかった。

「……クラウンソード」

その声に応えて、クラウンサークレットがアーニャの手の中で剣に変化する。

ずしりとした重みの剣を握り、アーニャは何度か振るう。

最初にこの剣を握った日と比べれば、大分扱いも上手くなったと自負している。剣術指南役のルーガンは、所詮一兵卒の剣法だと謙遜していたが、それでも、剣など握ったことのないアーニャにしてみれば立派な剣術だ。

「えい……やああああ！」

何度かの素振りの後、一際大きな斬撃が空を割き……そのままの姿勢で、アーニャは静止する。

一国の王。

甘く考えていたわけではないが、昨夜の件はアーニャにその重さを自覚させた。

元々、様々な国の様々な人達に追われた果てが、〝この国〟の始まりだ。その恨みというものは常に根底にあり……自らが優勢となった時に表出してくるだろう。

この国自体が第二の優人とならないための策があればいいのだが……そんな都合の良いもの、あるはずはない。

アーニャにできることは、ただ一つ。皆が誇れる王であること。皆がその名を穢したくないと思えるような、その国に相応しい立派な王であり続けることだ。

ウィルザードが色んな人間から〝ああなりたい〟と思われているのと同じく、アーニャも〝あの王のような人間になりたい〟と思われる王であればいい。

魔法も、そのための魔法であるべきだ。

……そして、そのイメージは、彼女の中にすでにできている。

「お願い、クラウンソード……手伝って」

クラウンソードを構え、アーニャは意識を集中する。

欲しいものは、自分の考えを誤解なく伝える力。そして、そのための魔法だ。

それを作り出すため、アーニャは集中する。

……やがてアーニャの眼前に、ウィルザードがやっていたように様々な色が集まり、渦を巻く。

より確かなイメージを、より明確な結果を求めて、アーニャは頭の中に思い描く。

自分ならばできる、自分なら掴めると、世界が内包するあらゆる可能性へと手を伸ばす。

やがて色は銀色の球状へと変わり……アーニャはそれに向けて、一気にクラウンソードを振り下ろした。

真っ二つにされた球体からは輝きが溢れ出し、アーニャの中へと流れ込んでいく。

同時に、アーニャの中には一つの魔法の知識が生まれた。

「……できた」

迂闊に使えない魔法だが、確かにアーニャは魔法を創ることに成功した。

その事実が嬉しくて、彼女は踊り出しそうになる体を抑え……しかし堪え切れずに足で地面を何度も踏む。

「できた、できたできた！　私にも……私の魔法ができた！」

今すぐにウィルザードの所へ走って行って伝えたい衝動に駆られる。けれど、それをぐっと抑え込む。

せっかく魔法ができても、軽々しく披露できない。ならば、今は行くべきではない。

心を静めて、再度アーニャはクラウンソードを構える。

「……まだ。今の感覚を忘れないうちに、私は私にできることをしなきゃ」

国を造る。国を守る。そのための第一歩として、蛮王を倒さなくてはいけない。

目の前で見た蛮王の強さを思い出しながら、アーニャは剣を振った。

◆

そして、それから何日か経過した。

山頂を中心に広がった村は、すでに村どころか小さな町のような規模へと成長していた。これから来るであろう住人を見越して家屋(かおく)が増えているが、獣人達が覚えた魔法によって所々作業が高速化されており、外観を整えるだけであればさほど時間はかからなくなってきている。

人口が増えて防備も充実してきたので、木を切り倒してできた空き地にも建物が建てられるようになり、今では地上、樹上をあわせて一つの町を形成していた。

「え？　お城？」

「ああ。そういう話が来ている」

夕飯時、警備担当の者以外は大体が仕事を終えて家に帰った頃、アーニャ達の暮らすツリーハウスへルーガンが訪れた。

彼は警備隊長としてこの町の警備隊を率いているが、最近その中で〝ある要望〟が増えてきたのだという。

「真の王のお膝元であるこの場所は、新しい国の首都だ……ってな。で、城を建てるべきだって言うんだが……」

言いながらルーガンは、布団の上に転がっているウィルザードへと目を向ける。

この布団も裁縫組が作ってはいるが、材料はウィルザードの魔法により調達可能となったものだ。この布団を含め、新しい町での生活レベルの急激な上昇の裏には、必ず彼の魔法による貢献があった。

今となってはウィルザードが優人だとか信用できないだとか言う者は、この町には——あくまでも表立ってという意味でだが——いない。

もちろん、陰でウィルザードに不信を示す者がいないではないが、少なくともルーガンは、ウィルザードが必要不可欠な人間であると認めていた。

さて、ルーガンがこの話を切り出したのは、以前ウィルザードと交わした会話に関わるからである。

「ウィルザード。確か以前、俺達はいずれ平地に戻ると言っていたな」

「ん？　ああ。確かに。隠れ住む必要はなくなると言った」

「それは今も変わらないか？」

「ふむ？」

すでに一日の疲労が蓄積して眠気に襲われていたが、ウィルザードは布団から起き上がる。

彼の頭を覚醒させるだけの真剣な話題だったからだ。

「どういう意味かな。平地に戻りたくないということか？」

「そうではない。そうではないが、仲間達の中にはこの山を神聖視している者も多いということだ」

この山は、優人に追われた者が最後に辿り着く果ての地だった。彼らにとってはこの山の中だけが、唯一残された生きられる土地であった。

それでもなお、奴隷狩りに怯えて隠れ住む日々が続いていた中で、獣人の真の王が立ち、村ができて、町といえる規模にまで成長した。

もはや彼らは隠れ住んでいるのではなく、堂々とこの地に住んでいる。

この山はそれが始まった聖なる土地であるという認識が広がってきているのだ。

「もっと言えば、辛い思い出がある平地よりも、この山の方がいいという者もいる」

「この山にだって辛い思い出は詰まっていると思うがね」

「それを打ち消すほどの幸福があるということだ」

「ふむ……」

正直な意見を言えば、ウィルザードは今すぐでなくとも、いずれ平地に行くべきだと思っている。

それはアースの歴史を振り返れば明らかで、古今東西を問わず、太平の世では多くの城は平地にあった。

これは、城を中心とした城下町の発展、交通網の整備も見据えての話である。

また、文化的な側面を考えても、交通の利便性の高い場所を中心に文化が発達し、各地に伝播していくであろうことは周知の事実である。

魔法文明の育成という大きな目的を考えれば、アーニャの国も平地に進出するべきだと思っていたのだが……

「アーニャ。君はどう思う？」

「へ、私？」

黙って話に耳を傾けていたアーニャに、ウィルザードは問いかける。

「ああ。これは国の話だ。王たる君も議論に参加するべきだと思う」

「ん、んんー……」

二人の視線を受けて、悩むようにアーニャは腕を組む。

ウィルザードの言う通り、これは王たるアーニャが参加するべき話であって、最終的な決定権もまた彼女にある。彼女もそれは理解しているのか、唸りながら悩み……やがて、絞り出すように結論を口にする。

「お城……はともかく、この村は……町は、捨てたくない、かな」

「理由を聞いても？」

「うん。だって……皆で作った町だもの。よその方が便利だからって、ここを捨てるのは……なんか、違う気がする」

アーニャはウィルザードを気にしてチラチラ窺い見ながらそう言った。

ウィルザードは彼女を安心させるように、ゆっくり頷く。

自分達で育てた場所に愛着があるのは当然だ。

無論この場でアーニャを言いくるめる自信はあるが、ウィルザードには必ずしもそれが良い選択とは思えなかった。

そうなると……山という、文化の伝播的には多少不利な状況から国造りを始める必要が出てきてしまうが、さて……

「君がそう判断したのであれば、僕は反対しない。で、城についてはどうかな？」

「う。えーと……それはまだ早くない、かな？」

真の王などといっても、まだ蛮王を打ち破ったわけではない。アーニャとしてはそれを成してからだと思っている。

言外に含むその意図が伝わったのだろう、ルーガンは納得を示す。

「そうだな。俺からも、城は早いと皆に言っておこう」

ウィルザードはルーガンに頷きつつも、一つの疑問を口にした。

「そもそも、どうしてそういう話が出たんだ？」

「あー……それがな。王の配下なんだから、自分達は騎士団を名乗るべきじゃないか、とか言い出した奴がいてな」

そこから盛り上がって、王には城が必要だということに発展したらしい。

随分と飛躍(ひやく)したものだが、結局のところ、まだ国としてあるべきものが色々と足りないという話ではある。

「元気でいいことだな」

「ああ、まったくだ」

バラバラに隠れ住んで、わずかな食料を奪い合っていた時とはもう違う。冗談交じりにこんな議論ができるようになっているのだから。

「しかし……これは俺個人の疑問だが」

「ん？」

「蛮王はなぜ攻めてこない？　騎士団を率いて俺達を潰すつもりなら、早めに潰した方がいいだろうに」

「そういえばそうだよね……いくらウィルが凄いっていっても、数で攻めてこられたらどうなるか分からないのに」

ルーガンの発言にアーニャも同意する。

もっともな疑問だとウィルザードも思う。

散り散りだった獣人達が纏まる前に頭を潰すのは、ある意味当然の戦法である。

……しかし、万が一そうされても、やりようによってはどうにでもできる、などとはウィルザードは言わなかった。

確かに魔法で蹂躙するのは簡単だが、それで全て解決では意味がない。過剰な力を見せてしまっては、今度は魔法に対する恐怖や警戒心が芽生える可能性があるのだ。

何より、試行錯誤（しこうさくご）は文化を強くする。そこに魔法という手段を混ぜ込むことこそがウィルザードの使命なのだから。

……まあもちろんいざとなれば魔法で蹂躙するつもりではあるのだが、それはそれ。

アーニャとルーガンの悩む姿を見ながら、ウィルザードは再びごろりと布団に転がる。

「ウィルザード、真面目な話だ」

「そうだよウィル」

二人が思い切り睨んで抗議する。

「分かっているさ。しかしさすがに疲れてしまってね。とにかく、蛮王がなぜ攻めてこないのかという疑問については、彼も王だから……と答えるしかないと思う」

「王、だから……？」

アーニャもルーガンも首を傾げ、疑問符を浮かべる。

ウィルザードが言う〝王だから〟とはどういう意味か？

「つまり、だ。アーニャはクラウンソードを抜いて真の王となった。しかし蛮王はそれを認めていない。自分こそが真の王だと思っているわけだ」

「うん」

「さて、ここでクエスチョンだ。二人の王様がいたとして、自分こそがより良い王だと示すには、どうしたらいい？」

ウィルザードは教師然とした仕草で指を立て、アーニャに問う。

「え、えーと……えーと。自分の国の方がみんな幸せだって見せつけるとか！」

「良い答えだ、実に僕好み。でもまあ、蛮王の場合は恐らくもっと簡単だ。〝自分の方が王として統率力がある〟と示すのが彼の流儀であるわけだな」

「それって……」

「まさか。俺達獣人が、アーニャ王のもとに団結すると分かっていたってことか⁉」

アーニャだけでなく、ルーガンも驚きの声を上げる。

「そう。むしろ、獣人を纏め上げることすらできないのであれば、王としては失格。自分の方が格上だと知らしめたいんだろうね。言ってみれば、今は猶予（ゆうよ）期間というわけだ」

山の中に追われた獣人達が数多くいることは、当然蛮王も承知の上だ。

彼らを纏めて国の形を作ってみせろ。その上でしっかり蹂躙してやる——蛮王はそういう意味を込めて今すぐには攻め込んでこないのだ。

「だとすると……まさか、今この間に、蛮王は騎士団の増援を呼び寄せているんじゃないのか？」

「どうかな。こっちを弱い獣人と馬鹿にしていたみたいだし、所詮烏合の衆だと思っているだろうから、今いる戦力で充分だと考える可能性はある。まあ、それでもなお全力で叩き潰そうとしてくるかもしれないが……そこまでは分からないな」

どちらかといえば、後者だろうとウィルザードは考えていた。あれは、そういう性格の男であると感じ取っていたのだ。

「……たぶん、最悪の方を考えておくのがいい、よね？」

「その通りだ。そしてその場合、僕達にとれる手段は二つある。一つは電撃戦……こちらから一気に襲撃して勝利をもぎ取る戦い方。そしてもう一つは籠城戦。この山の地形を利用して守りを固め、迎撃に徹するやり方だ」

「……蛮王を倒せば、この戦いは勝ちなんだよね」

アーニャは何か考えながら、真剣な表情で問いかける。

「ああ。蛮王との戦いは終わる」

もちろん、それは次の戦いの幕開けでもある。だがとりあえず、蛮王の支配が終わるのは確かだ。

「なら、攻めよう」

迷いなく、アーニャはそう宣言した。

それが意外で、ウィルザードもルーガンも目を丸くする。アーニャの性格ならば、守る方を選びそうだと思っていたからだ。

「ウィルの言う通り、向こうが全力で潰そうとしてくるなら、たぶん敵も味方も凄い人数での戦いになるよね」

「ああ」

「そうなる前に、勝つ必要があると思う」

その言葉で、ウィルザードはアーニャの真意を理解した。

「……アーニャ、君はまさか……」

「大きな戦いになる前に……人がたくさん死ぬ前に、この戦いを終わらせよう。きっと相手は私達が攻めてくるなんて思ってない。だから今ならきっと、たくさんの人が死ぬ前に決着をつけられるもの」

アーニャは優人の犠牲のことをも憂慮（ゆうりょ）している。

確かに優人側の犠牲が大きければ、それは新たな確執（かくしつ）を生むだろう。

しかし、大規模な戦いでの圧倒的勝利は、新たなアーニャの国にとってこれ以上ない宣伝にもなるはずだ。ウィルザードはそれを必要な犠牲だと思っていた。

しかしアーニャは違った。優人にもできるだけ犠牲は出したくないと、本気で言っている。

そしてそれは、疑いようもなく……王の思考であった。

「どう、かな？」

少し自信なさげに言うアーニャに、まずはルーガンが膝をつく。

「仰せのままに、アーニャ王」

そしてウィルザードも……軽く頭を掻くと、アーニャに向かって一礼する。

「君の思うままに、アーニャ。僕はそれを手伝おう」

「せんせ、私も」

大人の話だと思って黙って聞いていたムルも、ウィルザードの隣で真似をした。

「君は留守番だ、ムル。いくら魔法が得意でも、君はまだまだ子供。守られるべき存在だからね」

そう言って頭をウィルザードに撫でられたムルは、半分嬉しそうな……しかしどこか悔しそうな、そんな複雑な表情をしていた。

もちろんウィルザードは、何があっても今度の戦いにムルの同行を許すつもりはなかった。

「で、攻めるという話についてだが……当然ながら、戦いというものは兵力が同等なら、基本的に攻める方が不利だ」

「つ、つまり？」

嫌な予感に青ざめながら、アーニャが続きを促す。

「あくまで僕の主観での話になるが、戦いは地の利……つまり、より戦場を理解した方が勝つ。その点において、相手側に攻め入るということは、戦場への理解を自ら捨てているとも言える。対して、軍隊を常駐させるような都市は城壁などを築き、防衛に向いた形にすることで、最大限の地の利を得ているわけだ」

　もちろん、そうした防衛機構は戦いの中で疲弊する。壁は崩れるし、矢も尽きるだろう。戦が長引けば水や食料の問題だって出てくる。

　しかし、装備や物資の損耗は、攻め手にも同じくのしかかってくる問題なので、単純に時間を掛ければ有利な状況に持ち込めるかと言えば、そうでもない。

「僕達の場合、言い方は悪いが戦闘要員の少ない弱小勢力だ。圧倒的な数で威圧するという基本戦術は使えない。それどころか、逆に威圧される側というわけだな」

　攻城戦というものは、相手を包囲し孤立させることで初めて有利を得られる。しかし、兵力が不十分なため、この戦術は今回使えない。

「となると、一点集中で相手の防御を食い破り、突破する戦法しかないわけだが、これもまた相手の数の方が多い場合はなかなか難しい」

　相手が街の門を閉じ、壁の上に弓兵を並べたならば、それだけでまさに鉄壁の防御が完成してしまう。

　城壁という地の利によって足止めされた時点で突破は厳しくなり、あっという間に殲滅される側にまわるのだ。

「う……よ、要するに、攻めるのは難しい、ってことだよね？」

「まともな手段をとる限り、非常に難しいと言わざるを得ないな」

「う、うーん……」

悩むアーニャとは別に、ルーガンはしばらく考える様子を見せた後……ふと思いついたようにウィルザードに問いかける。

「まともな手段をとる限り……と言ったが。それはつまり、〝まともではない手段〟ならば可能ということか？」

「あっ」

アーニャもそれに気付きウィルザードの顔をバッと見る。

「というよりも、僕達が勝つにはもとより奇策（きさく）しかない」

ウィルザードは静かに頷く。

「ど、どんな方法なの!?」

「決まってるだろう？」

身を乗り出すアーニャに、ウィルザードはニヤリと笑って答える。

「数で不利ならば、数の勝負をさせない。それだけの話さ」

◆

蛮王の支配下にあるヴェルクトの街。つい先日まで蛮王ベイガンが逗留していたこの街では今、とある準備が急ピッチで……しかし、蛮王にバレないようにこっそりと行われていた。

その作戦の立案者であり責任者である代官は、ようやく蛮王から取り戻せた執務室で、机をコツコツと指で叩きながら何かを待っていた。

扉を叩く音がすると、どこか興奮した様子で反応する。

「入れ！」

「ハッ、失礼いたします！」

扉を開けて入ってきた兵士は敬礼をすると、そのままの姿勢で報告を始める。

「ご報告します！　例の作戦ですが、街の防衛に残る五十名以外……百五十名全ての装備の準備が完了致しました！」

「うむ。出し惜しみする必要はない。万が一のことが起きぬように、確認を怠るな」

「ハッ……」

兵士はそう返事をするが、どこか歯切れが悪い。

「なんだ、何か疑問か？」

「い、いえ。ベイガン陛下のご命令――あ、いや、その……ご機嫌を損ねることになりはしないかと」

さすがに真正面から〝命令違反じゃないのか〟と言う度胸はこの兵士にはなかった。

〝お前は蛮王に反逆するつもりか〟と聞いているのと同じであるからだ。

しかし何も言わなければ、後々代官に加担したとして処刑されることになりかねない。だからこその消極的な反対意見であった。

代官はそれを一笑に付す。

「くだらん。ベイガン様が手取り足取り指示を下さったことなど、今まで一度でもあったか？」

「え、いえ……それは……」

答えられるはずがない。彼はあくまで一兵卒にすぎず、蛮王から直接命令を下されるような立場になどない。

それを分かっていて代官は、わざとそういう攻め方をする。

「ベイガン様は、〝自分が攻めることを見越して準備をせよ〟との指示を下さった」

「は、はい。そうなりますと」

「ということはつまり、だ。自分の手を煩わせる前に全て終わらせておけ、ということだ」

「……は？」

唖然とする兵士に、代官は捲し立てる。

「分からんか？　我々は試されているのだ。蛮王様がいなければ何もできない無能なのかどうかを。で、どうだ。お前は無能か？」

「い、いえ！　では準備に戻ります！」

「そうしろ」

慌てて戻っていく兵士に舌打ちすると、代官は椅子に座り直す。

もちろん、今言ったことは全て代官が自分に都合良く解釈した結果である。

蛮王の意図が〝勝手なことをするな〟であるのは疑いようがない。それを分かった上で代官は攻め込もうとしていた。

それは、自分は無能ではないという代官のプライド故の行動であった。

「私はこんな場所の代官では終わらぬ……！」

「いいや、終わりさ」

独り言だったはずの代官の呟きに、何者かが応えた。

「なっ……だ、誰だ貴様……ヒッ!?」

椅子に座る自分の背後から突き出された剣の輝きに動揺して、代官は声を震わせた。

「卑怯なことしてごめんね。でも、こうするのが一番、犠牲が少なかったから……」

わずかに首を動かし背後を見た代官は、侵入者の頭の上の猫耳を見て声を上げる。

「じゅ、獣人!?　なぜこんな所に！」

そこに立っていたのは、ウィルザードとアーニャの二人。

「なぜも何も、僕が連れてきたからだ。結構大変だったんだぜ？　遠見の魔法だけで座標を設定して、ぶっつけ本番の転移魔法だ。ちょっと失敗したら僕達は机から頭が生えてる状態になってもおかしくなかったが……見事達成、さすが僕だ。ハハッ」

ウィルザードの冗談交じりの言葉にアーニャは口の端をヒクつかせる。

予めリスクは聞いていたが、何度聞いても恐ろしすぎる。遠見はともかく、この転移魔法は絶対に使わないように、いや習わないようにしようと心に決めるアーニャであった。

「とにかく、貴方の命は今私が握ってる。おとなしく降伏して」

気を取り直して、アーニャが代官に降伏勧告をする。

「何を馬鹿なことを！」

「貴方がここで一番偉いんでしょ？」

「う、ぐう……！」

事実、その通りではある。蛮王がいない今、彼がこの街の最高責任者だ。

「おのれ、汚らわしい獣人を通すなど、兵士共は何を……」

「おいおい、聞いてなかったのか？　僕の魔法で来たって言ってるだろ」

「魔法……だと!?」

改めて言われて初めて、代官はウィルザードの存在に意識を向けた。そして、彼の頭に獣耳がないことに気付く。

「そうか、蛮王様の仰っていた魔法使いというのは、貴様か!?　だがなぜだ、なぜ優人が獣人などに味方している！　まさか、どこかの国の回し者か!?」

「はぁ……この台詞何度目か分からないんだが、僕は魔人だ。優人とかいう恥ずかしい種族名で呼ばないでくれ。……そんなことより、さっさと降伏してくれるか？」

このやりとりが、守兵を呼ぶための時間稼ぎなら、この男はなかなか強かだが、恐らく違うだろう。

「できるはずがないだろう！　貴様らこそ、降伏した方が身のためだぞ……。私一人をどうにかした程度で、勝てると思っているのか？」

代官の言葉にアーニャは少し冷や汗を流すが……ウィルザードは全く気にした様子もない。

「どうにかなるさ」

「な……」

「お前があの蛮王本人だったら、こんな方法は通用しない。首筋に剣を突きつけたところで、構わず大暴れしそうだしな。でも、お前は違う」

そう、代官は力で対抗するのではなく、言葉で丸め込むことを選んだ。

力が全てという信条の蛮王軍の中で、代官はそういうタイプではない。

だからこそ、この恫喝は通用する。蛮王が相手であれば、この場で決闘の一つもする必要があっただろう。それはそれで分かりやすいが、この代官相手ならばもっと簡単だ。

そう思ったからこそ、ウィルザード達はここに来たのだ。

「降伏しろ。部下に武装解除させろ。お前らは今、山への侵攻準備をしているんだろ？　その命令は撤回だ。武器も防具も、全部僕達がもらっていく」

「んなっ……!?」

ウィルザード達は最初からこの街を占拠する気などなかった。

そんなことをしても、この優人が住む街はアーニャに従いはしないだろう。

むしろここは、住民による反乱や決起の可能性のある、旨味のない街なのだ。占拠してもリスクを負うだけ。一々そんなものを抑えに回るだけ時間の無駄だ。

いっそ住民の優人を追い出した方が話は早いが、アーニャが望まない限りはそうするわけにもいかない。

「なあに、簡単な話さ。お前は蛮王に〝コソ泥に装備を盗まれた〟と言うだけで済む。僕達に負けたと言うよりはずっとマシだろう？」

「ぐ、ぐぐ……」

屈辱的な提案に、代官は歯ぎしりをする。

「お前が部下に下す命令の内容も簡単だ。全員装備を解除して、街壁の一斉点検。不審者による工作の可能性あり……ってな」

「そんな脅しに……」

「乗らないのなら、お前の首が飛ぶ。ついでに僕の魔法で城も吹っ飛ばしてやろうか」

ウィルザードは代官に顔を近づけ、さらに囁く。

「……なあ、察しろよ。我が王はできるだけ人死にが少ない方がいいとお望みなんだよ。言っておくが、僕は彼女ほど優しくない。バレないようにお前をどうにかした方が早いと判断したら、躊躇なくそうするぞ？」

ウィルザードの本気の声音を聞き、代官の顔が真っ青に染まる。

アーニャの脅しとは違い、確実にやる者の脅しだと……気付いてしまったのだ。

「わ……分かった」

代官はこう答えるしかなかった。

「そうか。平和的に話し合いが済んでよかったよ」

ウィルザードはそこでようやく笑顔を見せるが……逆にアーニャは少し悲しそうな顔で彼を見た。

アーニャに聞かれていたと察したウィルザードは、軽く〝冗談さ〟と言って笑ってみせる。

もちろん冗談ではないが……アーニャは静かに頷く。

……そしてこの日、ヴェルクトの街の代官の城から全ての武器と防具、馬が消えた。

◆

転移魔法で拠点の町の広場に戻ってきたウィルザード達の周囲には、代官の城から奪ってきた大量の武器防具が転がっていた。

さらには馬も奪ってきているのだが、これはウィルザードの転移魔法という切り札が早馬で蛮王に伝わらないようにするためだ。

無論、必死に兵士を走らせる可能性もあるが、あの代官の性格からしてそれはない。保身が最優先。つまり、蛮王にはギリギリまで彼らが武器防具を失ったことが伝わらないだろう。

あの街の鍛冶師に用意させるにしても、数は絶対に足りない。よその街から調達するという方法もあるが、届くまでこちらに手は出せなくなる。

物資の強奪は、ヴェルクトの占拠を行うよりも、ずっと有意義というものだ。

「というわけで、蛮王はすでに王都に帰っている最中みたいだが……とりあえず向こう側が準備していた奇襲は潰してきた」

「ああ。しかし、蛮王が王都に戻ったとなると、やはり総力戦は避けられないか」

ルーガンはあごに手を当てて考える。

「転移魔法で追うにしても座標が安定しないからな。総力戦……それも迎撃戦は避けられないだろう」

ルーガンはウィルザードの言葉に納得すると、転がっている武器防具に目を向けた。

「じゃあ、この武器防具に関しては有効活用するか」

「ん、ああ。まあ、こっちで造った物の方が性能はいいと思うけどな」

「ハハ、お前もそういうこと言うんだな」

身内贔屓だとでも思ったのかルーガンは笑うが、あながち冗談でもない。

魔法の火で聖武具と化しているであろうこの街の武具は、ただの武具よりも価値が高い代物になっているのだから。

そうでなくとも、こんな汗臭い鎧を着るよりは、ずっとマシなはずだ。

「それはいいんだけど、ウィル……」

「ん？　どうしたんだアーニャ」

「あれ、どうするの？」

アーニャの視線の先を追うと……そこには、持ち帰ってきた大量の軍馬達の姿があった。馬具もついでにと奪ってきたのはいいが、武器防具と違って馬は食事をする。

幸いにも山の中には幾らでも草があるが、草ならなんでもいいというわけでもないだろう。その辺りの知識はウィルザードには欠けていた。

「馬を育てる知識のある者がいればいいんだが……ルーガンはどうだ？　確か元兵士だろ？」

「……たかが末端の一兵士に、馬が与えられると思うのか？」

「そうか。となると……世話できる者を探すしかないな」

「放逐するわけにはいかないのか？　それとも俺達が使う前提なのか？」

「当然使う」

「そうか……」

ルーガンは乗り気でないように見えるが、それも無理からぬことだ。

そもそも軍馬の最大の特徴である突撃は山道では威力を発揮できないし、何より馬はデリケートな生き物なので扱いが大変だ。

どれだけ馬にストレスや恐怖を与えずに使うかを先人達が考えてきたのは、別に馬への優しさからだけではない。

そうしたことも加味して、ルーガンはウィルザードに疑問を呈する。

「ウィルザード。騎兵を活用するとなると訓練が必要だが、平地での決戦を考えているなら……」

「いや、何を言ってるんだ？　平地での決戦なんて、蛮王が有利に決まっているだろう」

「は？」

「訓練はする、馬を使うからな。だが平地じゃない……山で使う」

「ま、待て。お前は何を言っているんだ」

「あのな、ルーガン」

慌てるルーガンの前で、ウィルザードは自分の頭を人差し指で軽く叩いてみせる。

「僕が誰か忘れたか？　創魔士ウィルザード・マーリンだぞ」

「い、いや……しかし」

「心配ない。君は馬を使う連中を集めてくれればいい。あとは僕がなんとかする」

ルーガンはしばらく迷ったが、自信満々に言うウィルザードの様子を見て、結局折れた。

ルーガンは、大きな荷物を背負って歩いていた一人の男を指差す。

「アイツを使おう。なんだかんだで器用な奴だ」

その男……ボガードを見て、ウィルザードは少しだけ心配になったが、それを呑み込んで頷く。

「任せる」

「ああ、任された」

ルーガンを見送り、ウィルザードは軽く伸びをする。

今はもう昼。あちこちで食事の匂いが漂ってくるが、ウィルザード達の家でもそろそろ留守番のムルが準備を始めている頃だろうか？

「さて、では僕達は家に……」

「ねえ、ウィル」

家に帰ろう——そう言いかけたウィルザードの言葉を、アーニャが遮った。

どことなく沈んだ様子である。

何か気になることでもあるのかと、ウィルザードは首を傾げる。

「……やっぱり、大きな戦いになるのかな」

「なるだろうね。蛮王は間違いなくこちらを潰す気で来る。わざわざ一度都に戻ったのがその証拠だ」

アーニャが山を離れる、あるいは蛮王がいないうちに他の勢力が山を攻めてくるというリスクを背負ってなお、王都に戻ることを選んだ。

つまり、それだけ本気で〝違い〟を見せつけるつもりということだ。

「そう、か。そうだよね」

「怖いかい?」

ウィルザードは気遣うような口調で問いかける。

怖いのは当然だ。ほんの少し前までただの村娘だったアーニャが、戦争の主役になろうとしているのだ。怖くないはずがない。

「うん、怖いよ。私の号令で人が死ぬのが怖い。人を殺すのが怖いよ。でも……やらなきゃいけない。王様である限り、自分がそれを避けて通れないということが怖い」

「……」

「ねえ、ウィル。なんで戦うのかな。国を守り、民を守るのが王様なのに……どうして守るんじゃなくて、戦うんだろう」

好むと好まざるとにかかわらず、今は乱世だ。

そういう世の中だ。

小国の王達が覇権を求めて隣国と争い、あるいは王の地位を求める者によってさらなる争いが生まれる。

兵士はあくまで消耗品であり、勝者のみが全てを得る。そういう世の中にあって、アーニャの疑問は軟弱と切り捨てられても仕方ないものだ。

しかし……

「やめたくなったかい？」

「……それはダメ」

優しく問いかけたウィルザードに、アーニャは意外にもハッキリとそう答える。

「私はもう、王様だから。そこからは逃げられないよ」

そう……アーニャはもう、王であることをやめられない。

真の王の証たるクラウンソードを引き抜き、山に逃げ込んだ獣人達を保護した。

町の規模にまで成長したこの場所を守るには、話し合いなどという綺麗事だけでは済まないところまで来たのだ。

蹂躙されて奴隷になりたくなければ、やるしかない。

守りたければ、奪おうとする者と戦うしか道はないのだ。

残酷だが、それが現実。

ウィルザードは囁く。

「僕が支えよう。君と君の国に、魔法の力をもたらそう……それしかできないのが心苦しいがね」

「そんなことはないよ」

アーニャはウィルザードの胸に軽く体を預ける。

飛び込むでも抱き着くでもなく、ただもたれかかるような、そんな軽さ。

「ウィルがいたから、私は立てたんだもの。ウィルがいなければ、私はダメな子のままだったと思う。ムルも、皆も守れずに……今頃奴隷になっていたかもしれない」

「……僕には僕の目的がある。君にそこまで言われるほどじゃないさ」

むしろ、嫌われてもおかしくはない。魔王を倒すという目的のために、ウィルザードは世界を動かそうとしているのだ。

その駒にされたとも言えるアーニャには、彼を恨む権利がある。

「知ってる。ウィルが話してくれたもの。でも……それでも、私はウィルのこと……好きだよ？」

言った直後、アーニャは顔を真っ赤にしてウィルザードから離れ、後ずさりする。

「あ！　ち、違……そういう意味じゃなくて！　えと、えーと！　ほら、家族だと思っている、みたいな！　ね、ほら！」

「ああ、分かってるよ。僕もアーニャやムルのことは家族同然に思ってる」

ウィルザード自身、アーニャやムルに救われている部分はある。もし真の王が冷酷で容赦ない蛮王のような者であったなら、ウィルザードの心は磨り減る一方だったかもしれない。

そういう意味では、この世界でアーニャに出会えたのはウィルザードにとって第一の幸運であり、救いだった……のだが。

なぜかアーニャが不満そうな顔でそれを聞いていた。

「……どうしたんだ？」

「なんでもない」

「いや、なんでもないって顔じゃ……」

「なんでもないの！」

「そ、そうか」

なんだか理不尽な気がするのだが、これ以上何か言っても泥沼になることが分かっているだけに、ウィルザードとしては引き下がるしかない。

「……まあ、そういうわけで、だな。あー……お！　あ、ちょっといいか⁉」

彼は、ちょうど広場に向かって歩いてきたパルメに声をかけてこの難を逃れることにした。

「はい？　どうしました、ウィルザードさん」

パルメが駆け寄ってくると、ウィルザードは転がっている武器防具を指差す。

「アレをどうにかしたくてな。鍛治屋の連中を呼んでおいてくれないか？」

「へ？　あ、あれってまさか蛮王軍の……」

パルメはようやくそれが自分達の作ったものではないと気付き、驚きの声を上げる。

「ああ、ちょっと奪ってきた。まあ、正確には代官の城からだけどな。扱いについては任せると伝えてくれ」

「は、はい！　でも、さすがウィルザードさんです……！」

目をキラキラとさせるパルメに、ウィルザードは困ったように頬を掻く。

「あー、いや。僕一人の手柄ってわけでもないんだが……」

アーニャの顔がさらに不満そうな表情に変わるのを見て、ウィルザードの言葉は尻すぼみになる。

パルメもそんなウィルザードの視線を追って気付いたのか、そっと数歩距離をとる。

パルメとしては助けてくれたウィルザードに色々と秘めた感情があるのだが、アーニャと競い合おうとは……今のところ、欠片も思っていない。アーニャもまた自分を救ってくれた恩人であることに変わりはないからだ。

「え、えーと。それじゃ私、鍛治場に行ってきますね！」

「あ、ああ。頼むよ」

パルメを見送ると、ウィルザードはアーニャの肩に手を置く。

「アーニャ……何か不満があるなら言ってくれ。僕だって、決して察しがいい方じゃあないんだ」

「……なんでもないよ。私がちょっと、嫌な子だってだけ……」

「ん？　突然何を言うんだ？　君はかなり良い子だと思うが」

真顔でそう言うウィルザードをしばし無言で見上げ……アーニャは首をふるふると横に振る。

「……そんなことないよ。私はズルいもん。勇気もないし……」

アーニャは肩の上の手をそっとどけて……しかし、そのままウィルザードの手をぎゅっと握る。

「勇気？」

「この先に進む勇気がないの。このままでもいいかもって思ってる。変になっちゃうよりは、その方がいいかなって……」

その言葉の意味するところが、ウィルザードには分からない、伝わらないだろうとアーニャは知っている。

そして、ウィルザードが分かっていないのが、今のアーニャにとっては少し救いになっている。

もし分かってしまったら、知られてしまったら。〝僕は君にそういう感情はない〟と突き放されてしまったら……

そんな想像が、アーニャを臆病（おくびょう）にする。そうなるくらいなら今のまま――と思ってしまうのだ。

しばらくの沈黙の後、アーニャはウィルザードの手をパッと放して笑顔を見せた。

「……なんて、ね！　ほらウィル、行こう！」

「ああ。僕は鍛冶屋連中が来るまで、もう少しここにいるよ。アーニャ、君は先に行っててくれるか？」

「うん！」

走っていくアーニャを見送って、ウィルザードはふうと小さく息を吐く。

「今のって……たぶん、そういう意味だよな」

ウィルザードは鈍感であるかもしれないが、馬鹿ではない。

あんなことを言われた状況を思い返せば〝アーニャが自分を好きなのかもしれない〟という結論には辿り着く。

辿り着くが……それを許容できるかといえば、別の問題だ。

正直に言って、アーニャをそういう対象として見てはいないし、ウィルザード自身の問題もある。

……それに、何よりも。彼女の感情は、危機的状況が生んだ吊り橋効果によるものではないかと疑ってもいた。

この蛮王との戦いが終わって平時に戻れば……あるいはアーニャは、自分なんかよりももっと素晴らしい男を見つけるかもしれない。

何しろ、自分は獣人ではないのだ。状況が落ち着けば、同じ種族でないと……なんて思うかもしれない。そうなった時にウィルザードという足枷(あしかせ)があるのは、アーニャの不幸だ。

「もっと距離を置いた方がいいのかもしれないけど……それもあからさまだしな。今はこのままでいくしかないか？」

そう呟いて……ウィルザードは、再び蛮王との戦いへと思いを巡らせる。

何はともあれ、無事にこの戦いを乗り越えなければ。

しばらくして、彼はある考えに行きつく。

「そうか……その手もあったな。少し早いかもしれないが、防衛戦を考えれば間違いではない。ならば早速魔法を構築しよう」

一人呟き、ウィルザードはツリーハウスへと歩いていった。

翌日、アーニャとルーガンを魔法教室に使っている広場に集め、ウィルザードは一つの提案をした。

「え？　お城？」

「その話は延期するんじゃなかったのか？」

「僕もそう思っていたがね。蛮王が本気で動き出したことで状況が変わった。時間があるうちに万全の防衛態勢を整えておきたい」

昨日ウィルザードが思いついたのは、城の建設だ。

防衛戦において城は最終防衛ラインであり、万が一の避難場所でもある。強固な城の有無は心理的優位にも繋がる。

「確かに城があるに越したことはないが……すぐにできるものじゃないぞ。まさか城まで木で作るつもりじゃないだろう？」

ルーガンが訝る。

「そういう城もないわけじゃないけどね」

どちらかというと砦に近いものではあるが、木造の城は存在する。

アースの歴史上にも、地域や文化圏によってはそうした実用的な城を木で造った例がいくつも存在したはずだ。

……が、今回ウィルザードが目指すのはそういう城ではない。

「まあ、心配はいらない。僕の魔法で最高の城を用意しよう」

「昨日帰ってきてからずっと創ってた魔法って、それだったんだ……いつまでも寝ないなー、と思ってたけど」

「ああ。一晩かけただけあって、いいものができたぞ。僕も眠いけどな」

「ムルまで夜更かししちゃうから、そういうのはあんまり良くないと思う」

アーニャの抗議にウィルザードはすっと目を逸らす。

実際ムルも夜更かししているのに気付いていたが、ウィルザードは止めなかったので、これについて突っ込まれると弱い。

「と、とにかく！　この場所に城を作ろうと思う」

「いいのか？　いつも魔法教室に使ってるだろう？」

「そんなもの、どこでだってできるさ」

魔法教室は多少広い場所であればどこでだってできる。この場所である必然性はないのだ。

「剣の台座はどうするの？」

「それも問題ない。上手くインテリアとなるように設計した」

その辺りの座標計算は難しかったが、一晩かけてどうにか形になったというわけだ。

あとは発動するだけだ。

「というわけで、この場所に今から城を作ろうと思うんだが……改めて、どうかな？」

「んー……いや、俺の意見よりも王の意見の方が、な」

ルーガンがちらりと見ると、アーニャも頷く。

「確かに、大きな戦いになるなら頑丈なお城があるっていうのは、皆も安心できると思う。私は賛成」

「そうか。なら早速……」

ウィルザードが手をかざしたところで、ムルが駆け寄ってきた。

「せんせー」

その勢いのままに衝突され、ウィルザードがぐうっと苦悶(くもん)の声をあげる。

身体能力の低いウィルザードでは元気盛りのムルの体当たりを避けるのは難しいし、受けるだけで倒れる危険性すらある。

それを意地で耐え……ウィルザードはなんとか笑顔を作る。

「ど……どうした、ムル？」

アーニャとルーガンはガクガクと震えるウィルザードを心配そうに見ているが、根性を見せている彼に配慮して何も言わなかった。

「せんせ、昨日創ってた魔法、使うんじゃないかなって思った」

「そうか。ムルは聡い子だな」

「うん！」

抱き着くムルをウィルザードは撫でるが、結構いっぱいいっぱいだ。

「と、とりあえず、全員僕の後ろに行ってくれるか？　魔法の巻き添えになって危ないからな」

下手に効果範囲内にいると、壁の中に埋め込まれるような事態が発生しかねない。そんなホラー要素は、新しい城に必要ないのだ。

「ほら、ムルも」

「ん」

アーニャがムルを連れて下がったところで、ウィルザードは杖を構える。

この街は山頂を中心に広がっているが、山頂そのものは何もない広場となっている。それもこれも、山頂がクラウンソードのあった聖地として、ある意味神聖視されていたからだが……今となっては、それが城を建てるためにちょうどよかったように思える。

ウィルザードは運命などというものを信じてはいないが、それでも、最初からこれがあるべき姿だったという収まりの良さを感じざるを得ない。

「さあ、始めよう……現れよ、始まりの城（クリエイトキャッスル）！」

ウィルザードの詠唱とともに、山頂の景色が変わっていく。

地面が削れ、整地され……そうして生まれた場所に、重厚な白い石が次々と積み上がっていく。

そうしてできるのは、白亜の城。美しく輝く城がアーニャ達の前で組み上がり、その姿を現わした。

全体を白い石で組まれた城は構造的にはシンプルな形で、壁と塔に囲まれたような質実剛健な砦型。塔には、猫耳の少女の横顔とクラウンソードを模した剣のシルエットが描かれている旗が翻っている。

「おー……すげえな。一瞬で作っちまうのか」

あまりの出来事に、ルーガンは呆れ笑いを浮かべる。

「まあ、ルーガンの言う通り、城は作ろうと思って作れるものじゃあない。皆の安全に関わることだし、このくらいは僕が手を出しても問題ないだろうさ」

ムルは素直に感動の声をあげてピョンピョンと跳ねる。

「すごい、せんせ凄い！　ほんとにお城だ！」

「まあね、僕は凄いとも」

言いながらウィルザードはアーニャに視線を向けるが……そのアーニャは、一点を見つめたまま固まってしまっている。

「あ、あのさウィル」

「ん？」

「あの旗……なんだけど」

翻る旗を指差すアーニャに、ウィルザードは満面の笑みを向ける。

「ああ、素晴らしいだろう？　君をイメージしたんだ」

「へ、へえ……」

「何しろ、君は獣人達の希望を背負って立つ存在だ。それは今後国が数百年、数千年続いた時に建国神話にも成り得る。となれば、旗……いや、紋章になるのになんの不思議もないさ」

「なるほど、確かにな。優人に対する反旗としても充分だ」

「うん、カッコいい」

ルーガンとムルの同意を受けてウィルザードは得意げに頷くが、アーニャは固まったままだった。

しかしやがて、何かを思いついたかのようにウィルザードへと振り向く。

「た、確かに凄いと思うけどさ。でもあの旗、足りないものがある気がするなー」

「足りないもの？」

「うん。重要なのは私って言うより、クラウンソードと……あと、やっぱり魔法でしょ？」

言われてウィルザードは頷く。

確かに、この新しい国から魔法を広めるというのはウィルザードの大きな目的だ。それを旗に盛り込むべきという意見は……正しい。

「だから、私じゃなくてクラウンソードと杖でいいんじゃないかなーって」

「ああ、分かった。この旗に杖も追加しよう」

ウィルザードが杖を振るとアーニャのシルエットの後ろで剣と杖が交差する。

「そ、そうじゃなくってさー！」

「ああ、王の仰る通りだ。もっと色を使ってもいいんじゃないか？」

「確かにそうだな……」

ルーガンやムルから次々と出される意見を受けて、カラフルになった旗を見上げてアーニャは再び呆然としてしまったが……とにかく、立派な旗と紋章が出来上がった。

「良い紋章だ。早速俺達の武具にも入れよう」

「それは間に合わないいんじゃないのか？　それより軍旗を作った方がいい」

「私はローブが欲しい……」

ルーガンとウィルザード、ムルの三人が、ああでもないこうでもないと意見を交わし合う。

その最中、ようやくアーニャが我に返って盛り上がる三人の会話を遮った。

「もう、そんなの後でいいでしょ！　それより中を見ないと。あ、皆も呼んだ方がいいんじゃない？」

「いや、それこそ後でいいだろう。まずは僕達で中を確認しておかないとな」

そう言うと、ウィルザードは正面の大きな扉へと向かう。

正面扉は重厚で、ウィルザードの力では強化魔法でも使わないと開きそうにないほどだったが、彼が小さく魔法を唱えると音を立てて開いた。

「あ、ちなみに、ここはもちろん人力で開けられるぞ。僕は力がないから魔法を使ったけどな」

ウィルザードが補足する。

「ウィルせんせ、後でムルにも教えて」

「いいとも」

ムルはそのまま歓声をあげて城の中へ入ろうとして……しかし、ウィルザードに抱え上げられる。

「こらこら、ムル、まずはここの主が最初だ」

「あ、うん。ごめんなさい」

素直に謝ったムルの頭を撫でる。

早くも腕がプルプルしはじめたウィルザードは、ムルを下ろしてアーニャへと振り向く。

「さあ、アーニャ。ここは君のための城だ」

「う、うん……」

しかしアーニャは怖気づいたように小さく呟くだけで、立ち止まったままだった。

「恐れることはない。王が城を持つのは、不自然なことじゃないんだからな」

言いながら、ウィルザードはアーニャの背後に回って背中をトンと叩く。

「それとも、自覚を持つように〝我が王〟と呼ぼうか？」

そう言うと、アーニャは頬を膨らませて怒った様子を見せ、ようやく普段通りの雰囲気に戻った。

「……いじわるっ！」

「ハハ、その調子だ。さあ入るといい。城が主を待っている」

ウィルザードに再度促されて、アーニャは城へと足を踏み入れる。

正面入口の扉を抜けるとそこは中庭で、外からは大きな一つの建物に見えていた城は、分厚い城壁と、中庭を挟んで中心に位置する居館(きょかん)に別れた構造であることが分かる。

その中庭には綺麗に整えられた芝が青々と茂り、ごろ寝したら気持ちよさそうな光景を見たムルが、早速うずうずとしている。

クラウンソードの台座もそこにあり、なぜかクラウンソードにそっくりな剣が刺さっている。

「あ、れ。ウィル、あの剣……」

「ああ、あれはレプリカだ。台座だけだと寂しいと思ってな」

「そうなんだ……」

ちなみに、引き抜こうと思えば誰でも引き抜けるが、武器としては鈍(なま)ら同然で、飾り以上の意味はない。

いや、台座の穴に埃(ほこり)が溜まるのを防ぐ役割くらいはあるだろうか？

ウィルザードがそんなどうでもいいことを考えている側で、ルーガンが感嘆の声を漏らす。

「こ、れは……凄いな。即席の砦どころか、かなり本格的な城じゃないか」

「ああ。まず四方を囲むのは城壁であり、防衛棟だ。中を警備隊が行き来しやすい構造になっているし、矢を射かける穴もある。四隅の塔は見張り塔で、簡単な食堂や寝所もあるから、この中で生活することも充分に可能だ」

ウィルザードは一応この世界の兵器のレベルから大きく逸脱しない作りの城になるように、ヴェルクトの街の様子を参考にしつつ、自身の知識を総動員してこの城を設計した。

ルーガンの反応を見るに、概ね成功しているようだ。

「中心にあるのは、この城の本体だな。居館とも呼ぶらしいが……まあ、早い話が王のいる場所だ」

王族……といっても今のところアーニャだけだが、そうした者が生活する場所でもあり、軍議や政務もあそこで執り行うことになる。

「王のいる場所……」

そう呟くアーニャとムルが、ウィルザードの袖や裾を同時に掴む。

「ウィルもいるよね？」

「せんせ……」

「二人とも、何を心配しているんだ。そんな顔をせずとも、僕もこの城にいるさ。僕は王を補佐する魔法使いだからな」

「……うん」

頷くアーニャに、ウィルザードは笑顔を向け……居館を指差す。

「あの中は凄いぞ。謁見の間もあるし、宝物庫だってある。最高に素晴らしい城を目指した」

早く行こう、と促すウィルザードだが……そこでルーガンが呼び止めた。

「そういえば、この城と……国の名前はどうするんだ？」

「ん……そうだな。城はカムロット城、という名前を一応考えていたけど」

「あ、いい名前だね。どういう意味なの？」

「んん？　いや、特に意味はないな……強いて言うのであれば、なんとなくその名前の響きがいいと思った程度だ」

ウィルザードはあっけらかんと答えつつ、アーニャに質問を振る。

「しかしまあ、城の名前はともかく、国の名前はさすがに君が考えなきゃな。どうだい、アーニャ？」

すぐ決められることでもないだろうけど——とフォローしようとするウィルザードだったが、アーニャはすぐに一つの言葉を呟く。

「……ロウグリア」

「え？」

「国の名前はロウグリア、がいいと思う」

すでに名前を決めていたことに驚きつつも、ウィルザードはアーニャに頷く。

「そうか。ちなみに、どういう意味なんだ？」

ちょっとの意趣返しも含めたその質問に……アーニャは笑顔で、こう答えた。

「幸福に満ちた明日……って意味だよ。古い言葉らしいんだけどね」

「幸福に満ちた明日、か。いいんじゃないか？」

ウィルザードが視線を向けると、ルーガンとムルも、納得の表情を見せた。

「ああ、とてもいいと思う。さすが王だ」

「うん、素敵」

アーニャは照れたように笑う。

「さあ、では我らがロウグリアの王城、カムロット城の居館に案内しようじゃないか！」

ウィルザードが再び魔法を使って居館の扉を開け、一行は中へと入っていく。

「うわあ……」

窓から取り入れられた光のおかげで居館内は明るいが、それに加えてあちこちに据え付けられた光を放つ器具が内部をくまなく照らしている。

「せんせ、あれって魔法？」

「その通りだ、ムル。あれは明かりの魔法を調整して、長く点くように工夫してある。蝋燭よりも明るいだろ？」

ウィルザードは、いずれ町中もこういった器具で照らしたいと考えていたが、今はそこまでの余裕がない。ウィルザードのではなく、国の人間の魔力の余裕だが。

この城はともかく、ウィルザードが何から何まで世話をしては意味がないし、それでは彼がいなくなったときに持続できなくなってしまう。

せめて自力で維持くらいはしてもらわないと困る。しかし蛮王との戦いを控えた今は、そうしたものに回す余力がない……ということなのだ。

「この一階はホールだな。戦いが終われば、いずれは外交も必要になる。そうした時にはパーティ会場としても使える」

これだけ広ければダンスパーティなども開けるだろうし、そういうイメージで作ったのだ。裏手には厨房(ちゅうぼう)や倉庫に武器庫、兵の詰め所もある。

二階には謁見の間をはじめとする政務や軍務にまつわる各種の部屋、三階は主に寝室などプライベートな空間になっている。

とりあえず必要そうな要素を詰め込んでみたのだが……まあ、大きくズレてはいないはずだ。

「僕達三人が個室を持つくらいじゃ余るほどだが……」

ウィルザードが言い終わる前に、アーニャとムルが同時に物言いたげな視線を向ける。

「せんせ、私はせんせと同じ部屋でいい」

いや、ムルは視線だけでなく、素直に口に出した。

「そういうわけにもいかないだろう。ムルもすぐにお姉さんになるんだ。でもまあ、寂しいなら
アーニャと同じ部屋でも」

「アーニャお姉ちゃんも一緒の部屋で」

「ああ、アーニャとムルで一つの――」

「ウィルせんせも」

ぐいと服を引っ張るが、ウィルザードとしては素直に応じるわけにはいかない。

狭いツリーハウスならともかく、部屋数の多い城の中でまで同じ部屋では体裁が悪すぎる。

「それはダメだ。ムル、大人の男にはそういうことをしちゃいけない決まりがあるんだよ」

「でも、今まで一緒だった」

ムルは何がいけないのか分らないといった様子で、反論を重ねる。

「今までは……ほら、狭かったしな」

「じゃあ狭くしよう」

「いや、それは……」

困ったウィルザードは視線で助けを求めたが、ルーガンはサッと目を逸らしてこれを躱す。

「あー、アーニャ。君からもムルに何か言ってくれないか」

「んー……」

アーニャはホールの端に寄ると、ムルに軽く手招きして呼び寄せてそこで二、三言、何かを囁く。

ムルはそれを聞いて、ウィルザードをチラッと見ながら頷き……やがて、走り寄ってくる。

「隣の部屋ならいい？」

「ん、ああ……そのくらいなら」

頷くウィルザードであったが……実のところ、これは罠であった。


翌朝、自室のベッドで目を覚ましたウィルザードは、なんだか妙に体が重いことに気が付いた。

「ん……んん？」

「すぴー」

寝息を立てながらウィルザードの右隣で腕に絡みついているのは、ムルだ。

どうやら寝ている間に忍び込んできたらしいが……アーニャ一人では寂しかったのだったのだろうか。

そんなことを考えながら首を動かすと、反対側にはウィルザードの腕を枕にして寝て——いや、寝てはいない。目を開けて、真っ赤に染まったアーニャの顔がある。

「……何してるんだ君は？」

「え、えっと……寝ぼけちゃった？」

「ほう……」

ウィルザードは少しの沈黙の後、やれやれとため息をつく。

「ムルの我儘（わがまま）に負けたってところか。まあ、ムルはまだ小さいから仕方ないんだろうが」

「え、えーっと……あはは」

不自然に笑ってごまかすアーニャに、ウィルザードは再度のため息をつく。

「ま、仕方ない。まだ家族というものに飢えている年頃だしな……僕もそのくらい配慮すべきだったかもしれない」

「そ、そうだよね！」

「アーニャ。君はすまないが今日から一人で――」

「三人でムルを挟んで寝よう！　ね！」

「いや、それは……」

「ね!!」

「あ、ああ」

必死なアーニャに押し切られる形で、ウィルザードは承諾してしまう。

まあ、確かにアーニャもいきなり広い部屋に一人では寂しいのかもしれないが、若い娘としてそれでいいのだろうか。

ウィルザードは、ひょっとしたらアーニャが自分を好きなのかもしれないと思っていたが、こうも熱心なのはムルに対する母性も混ざっている気がする。

ならば、自分がそれを意識しすぎるのも違うか――そんな見当違いな結論に至ったウィルザードは、アッサリと男女の距離がどうのという理屈を放り出して二度寝に入った。

こういうのには慣れていないし、考えすぎるとドツボに嵌る。そんなのはまた今度でいいと、後回しのラベルを貼り付けて、脳の奥に放り込んでしまったのだ。

「……」

寝息を立て始めたウィルザードの寝顔を見ながら、アーニャは少しの不満と……今回は拒絶されなかったという安堵の混ざった顔で小さく笑った。

今は家族。

アーニャがお母さんで、ムルが子供で……ウィルザードがお父さん。そんな関係でいい。

そう思いながら、アーニャは少しだけ……ほんの少しだけ、ウィルザードに近寄った。

第三章　そして、戦いが始まる

それから一ヵ月の時が経過したある日。

ヴェルクトの城に蛮王の怒声が響いていた。

「武具と馬を奪われただと……⁉　貴様、無能どころか害悪だったか！」

蛮王に殴られた代官は、部屋の調度を巻き込んで派手に倒れる。

「ヒ、ヒイ！　お、お待ちくださいベイガン様！　仕方がなかったのです！　あの魔法使いが不可思議な術を使ったせいで、我々ではどうしようもなく！」

言い訳をする代官を、蛮王の蹴りが打ち抜く。

「ならば、なぜ使者を出さなかった⁉　近隣の村か町まで行けば、馬くらい調達できたはず！　武具の調達ができて、馬の調達ができなかったとは言わせんぞ！」

「げ、げほっ……いえ、その。ベイガン様のお手を煩わせるのも本意では、ぐえっ！」

再度代官を蹴ると、蛮王は大きく舌打ちをして代官を罵る。

何が本意ではないだ、そんな心遣いができるのあれば、もっと違う対応ができているはずだ。

「チッ……ウィルザードめ。さてはこの言い訳しかしない愚図(ぐず)の性格を読んでいたな？　どうせ俺にはギリギリまで伝えぬと踏んで強硬手段を使ったか」

「べ、ベイガン様。あの魔法使いは――ぐえっ！」

「フン、想像はつく。貴様のような自己保身の塊が隙を突かれたのだ。恐らくは完璧に身を隠す術か……ひょっとすると、長距離を一瞬で移動する技があるのかもしれん」

そう、実際にウィルザードが使ったのは長距離移動の魔法だ。

だが……今まで魔法というものに触れてこなかった蛮王がその結論に至るのは、異常な理解度と言えた。ウィルザードであれば当然そのくらいやってのけるだろう、という信頼にも似た奇妙な何か。それはある意味で、蛮王ベイガンもまた魔法の世界に足を踏み入れかけているということでもあった。

「ベイガン様」

控えていた騎士がベイガンに声を掛けた。

「なんだ」

蛮王が振り返ると、騎士は顔を上げて、疑問を呈した。

「恐れながら、その魔法使いはそこまでのことができるのでしょうか？　蛮王様を疑うわけではございませんが、そんな並外れた業（わざ）ができるのは創造神ガルタくらいのものだと思っておりました」

「……ふむ。見たところ、奴は獣人ではなさそうだったが……」

「優人ということですか？　ではなぜ獣人などに肩入れを」

「さて、な。だが、ひょっとすると創造神ガルタに愛された者なのかもしれん」

「まさか！　創造神ガルタに愛されし者はベイガン様をおいて他におりません」

真顔で言う騎士に、ベイガンはフンと鼻を鳴らす。

「そう思うのは貴様の自由だがな。だがともかく、奴ならばその程度のことはやってのけるだろうよ」

「そう、ですか……」

騎士は、ベイガンの言葉に頷きつつも、内心で激しい嫉妬の炎を燃やす。

敬愛する蛮王ベイガンにそこまで言わせる……ある意味信頼されているその魔法使いのことが、羨ましかったのだ。

「くだらぬ対抗心を燃やすなよ、マルトー。貴様には、貴様にしかできぬ役割というものがある」

「……ハッ」

内心を見抜かれたことを悟り、騎士マルトーは思わず恥じ入る。同時に、自分を信頼してくれているベイガンへの忠誠心を新たにした。

「それで、ベイガン様。そこの無能者はいかがいたしましょうか？」

斬るか、という意を込めて問うマルトーだったが、ベイガンは即答しない。

「ふむ……そうだな……」

「べべべ、ベイガン様！　私にお任せ頂ければあんな山、すぐにでも！」

剣呑な雰囲気を察して、代官は蛮王の足にすがりつこうとして地面を這う。

「貴様！　ベイガン様に触れるな！」

代官をマルトーが蹴飛ばすと、ベイガンは何かを思いついたかのようにニヤリと笑う。

「……いや、そうまで言うなら、任せてみよう」

「ベイガン様!?」

マルトーの抗議を無視し、ベイガンは代官へと優しげに——あくまで口調だけは優しげに告げる。

「すぐに準備しろ。俺達もその後を進み、お前の勇姿を確かめてやろうではないか」

「は、はい！」

部屋を出ていく代官を憎々しげな顔で見送ると、マルトーは表情を取り繕い蛮王の前に跪く。

「……ベイガン様。よろしいのでしょうか」

「貴様の言いたいことは分かる。あの者は役に立たんというのだろう？」

「はい。あんな愚図に率いられる兵が哀れです」

代官のことではなく兵士の心配をするマルトーに、ベイガンは破顔一笑する。

「はは、ははは！　確かにな！　だが心配はいらん、あの愚図の下で安穏とするを良しとした馬鹿共だ！　大した痛手にもならん！」

「……それは、確かに。あれだけ無能を晒したクズが上官であるならば、それを討ち取り成り代わるが正しい在り方。それをしないでいるというならば、部下も同程度というわけですか……」

「そこまでしろとは言わんが、まあそういうことだ。さて、マルトー。こちらも出撃の準備をしろ。すぐに山を落とす」

「ハッ！」

ベイガンの命令を受け、代官軍二百と蛮王軍四千が動き出す。

対するロウグリア騎士団は、総勢七十二。数の上では圧倒的に負けている戦いが……やがて伝説となる戦いが今、始まろうとしていた。

◆

「……来るぞ」

カムロット城の見張り塔の上で、遠眼鏡(とおめがね)を覗いていた猫獣人の男――ロウグリア騎士の一人となった男が、緊張した声でそう呟いた。

山道を進む軍勢の姿を見つけて、騎士は据え付けられた鐘(かね)を鳴らす。

装備がバラバラなところを見ると、蛮王直属の軍ではなく、恐らくは代官の率いる私兵だろう。

ガランガランと騒がしく鳴るその音に、街にいた獣人達が一斉に反応する。

「戦える男は武器を持て！　女と子供は城に逃げ込め！　俺達の国を守るんだ！」

「皆、落ち着いて！　私達にはアーニャ様とウィルザード様がついてる！」

合図を聞くと、全員が一斉に動き出す。慌ただしくもあるが、統制がとれた動きであった。

各家庭に常備された武器と鎧を纏い、男達は走る。

一度は故郷を奪われて、死を覚悟した。ただ荒んでいくしかなかったこの地で、再び幸せを掴みかけている。

ならばもう、奪わせはしない。そんな不退転の決意と共に、四十二人の男達がロウグリア軍として合流する。

……そして。代官軍もまた決死の覚悟であった。

ここで失態を挽回できなければ、全員蛮王に処刑される。

そんな代官の言葉が効いたのか、皆必死の形相で山を登る。重く慣れない装備で山を登るのは、それだけで体力を消耗するが……それでも休んでいる余裕はない。

離れた場所を進む蛮王軍に良いところを見せねばならないのだ。

「進め、進めえ！　まだ山頂までは大分あるぞ！」

一人だけ輿に乗っている代官に急き立てられ、舌打ちしながらも代官軍は進む。

後がつかえるので、先頭の兵士は止まるわけにはいかない。すでに整然とした行進のことなど忘れた足取りで前に進み……そこで、突然足元が消失した感覚を味わう。

「ぎゃあ！」

「な、なんだ!?　止まれ！」

「落とし穴だ！　獣人どもめ、よくもこんな……！」

罠を一つ見つけたら、当然他にもあると警戒するものだ。

しかし、止まってしまった先頭の状況が分らず、代官が進めと叫ぶ。

だが、先頭の兵士達はそうはいかない。下手に動いては自分も穴に落ちると躊躇してしまう。

「おい、どうした！　先頭はなぜ止まっている⁉」

代官は輿から身を乗り出し、側近の兵士を呼びつける。

「は、そ、それが、罠があったようでして」

「罠だと⁉　そんなものに引っかかって私に恥をかかせるんじゃない！」

理不尽な叱責を受けた兵士は、謝りながらも内心で代官に毒づいた。

そもそも、こんな山道を馬鹿正直に進もうというのが間違っているのだ。そりゃあ獣人達だって罠を仕掛けるに決まっている。罠だけじゃない。こんな周囲を木に覆われた山道、伏兵（ふくへい）がいたっておかしくは……

そこまで考えて、その兵士は木々の間にキラリと光る何かに気付く。

「ふ、ふくへ……ぎゃっ！」

「な、なんだ……ひえっ！」

驚いた兵士が手を放したため、輿から放り出された代官の上を、矢が通過する。

「ふ、伏兵だあ！　森の中にいるぞ！」

代官軍に次から次へと矢が降り注ぐ。

「くそっ、盾を構えろ！　まずは防いでから蹴散らして……！」

慌てて盾を構える兵士達の耳に次に聞こえてきたのは、大地を揺らすような音。蛮王配下であれば聞き慣れたその音に、誰もが耳を疑う。

そう、それは……騎馬の音。

代官軍のもとに前方から十騎ほどの騎兵が走ってくる。

それも革鎧を纏った軽装騎兵ではない。重そうな全身鎧を身につけ、馬にもしっかりと鎧を纏わせた重装騎兵達なのだ。

山道で運用するには有り得ないそれらは、一切の迷いなく代官軍へ向けて走ってくる。

「馬鹿な!?　こんな場所で重装騎兵だと……！」

どういうわけか薄く輝く不思議な光を纏った騎士と騎馬は、整地されているわけでもない山道を難なく走り、迫る。

「お、おのれ！　たかが十程度で！　迎え撃──」

言いかけた下士官を、別の方向から飛び出してきた騎兵の剣が切り裂く。

森から木々の間を縫ってさらに十の騎兵。有り得ないような機動をするその騎兵達もまた、謎の光に覆われている。

見る者が見れば、すぐにその光の正体が分かったであろう。ウィルザードがベイガンに対抗する時に使った強化の魔法を、馬にもかけているのだ。

それにより、馬達は悪路をも自由自在に走る強靭さを手に入れているのだと。

そして、山道を自在に駆ける体を手に入れた馬は騎士を乗せ、重装備に身を包んだ代官軍を簡単に蹂躙していく。

「なんだこいつら……う、うわあ！」

「弓兵はどこだ！　馬を狙って……」

「畜生、あの鎧じゃ剣が通らねえ！」

そう、馬につけた鎧と、騎士の着込んだ鎧。本来有り得ないくらいに重く、動きを阻害するはずだが、強化魔法により軽装騎兵並みの運用を可能としているのだ。

そうして生まれた、素早く動く重騎兵という悪夢のような存在に、統率力に欠ける代官軍が対抗できるはずがない。

結果として代官軍は弓による奇襲攻撃と二十騎の重騎兵隊に蹂躙され、散り散りに逃げはじめてしまう。

「やってられるかあ！」

「くそう、化け物め……！　こんな所で捨て駒にされて死ねるか！」

「お、おい待てお前ら！　敵前逃亡が何を意味するか……！」

代官の必死の叫びも、代官軍の兵士達にはもう届かない。

逃げていく兵士達をオロオロとしながら眺めるしかない代官は、仕方なしに自分の剣を握る。

こうなったら、自分だけでも忠誠を示さねば。そんなことを考え……しかし、自分に向かって迫る重騎兵に恐れをなし、思わず剣を取り落とす。

「ま、待て！　そ、そうだ！　こうふ――」

降伏する。そう言いかけたのだろうか。だが今まで散々獣人を弾圧し、奴隷にしてきた男の言葉に耳を傾けようとする者がいるはずもない。

一撃で斬り飛ばされた首が転がり……重騎兵達は速やかに身を翻す。

この先にいるのは代官軍とはレベルが違う蛮王軍の本隊。彼らの突撃だけで勝てる相手ではないと知っているからだ。

そして、その様子を自軍で聞いていた蛮王は、味方の潰走にもかかわらず、大笑いしていた。

代官軍が負けるのは予想していたが……そこまで圧倒的に、無様に負けるとは思っていなかったのだ。

「はは、ははは……がはははははっ！　そうか、やつらはそれほどまでのものに仕上げてきたか！」

「はい。まさか山中を平地の如く自由自在に駆ける重騎兵とは……馬はあの愚図が奪われたものでしょうが、短い時間でそこまで訓練したことには驚く他ありません」

「ウィルザードの魔法だろうよ。思えば、あの魔法使いめもひ弱な細い体で俺の一撃に抵抗した。その時と同様のものを、馬にも使ったのだろうさ」

蛮王の言葉に、騎士マルトーは〝なんと……〟と呟く。

無能者の代官相手とはいえ、館を寡兵で襲撃して逃げおおせ、そして今、数で勝る軍を蹴散らしている。その能力が蛮王を支えるために使われるのであれば、どれほどの働きをすることか。

「しかし、それほどの力も、仕える王を間違えていては宝の持ち腐れでしょう」

「そういうことだ。さあ……夢も存分に見せてやった。向こうの手札も分かった。ならば、後は蹂躙するのみだ」


蛮王達がそんな会話を交わしている頃、カムロット城でもまたアーニャ達が作戦会議をしていた。

「重装騎兵隊には待機場所まで撤退を指示してるよ」

目を瞑って報告するアーニャに、ウィルザードは頷く。

「ああ、それでいい。蛮王軍本隊の布陣が今は不明だからね。代官軍は単なる物見に過ぎない」

ここは、防衛棟の中に存在する簡易会議室。居館のホールを避難した人達に開放しているため、利便性を考えてここに詰めているのだ。机の上に置いてある近隣の地図は直接歩いて作ったもので、この山全て……というわけにはいかなかったが、かなり広い範囲が詳細に記されていた。

その上に、味方を示す駒、敵を示す駒、モンスターを示す駒などが置かれている。

「物見……？　二百近い軍勢を捨て駒にしたっていうのか!?」

ルーガンが信じられないとばかりに声を上げるが、ウィルザードはきっぱりと断言した。

「そうだ」

「それだけ警戒しているか……あるいは、あえて勝たせて、こちらを油断させる狙いでもあるのか」

蛮王軍などこの程度だと思わせれば、それは油断に繋がる。こちらの手札を吐き出させれば、次から対策できる。

考えすぎかも知れないが、失態を犯した代官に対する懲罰(ちょうばつ)であった可能性もある。つまり、こちらに代官を処刑させた……ということだが、これはアーニャに伝えずともいいだろうと、ウィルザードは口を噤(つぐ)む。

「とにかく、こちらの手札を確認したのは間違いないだろう。重装騎兵隊、罠、待ち伏せ……我々が充分な武装をしていることも知られた。当然、次は奇襲も警戒してくるはずだ」

「それに比べると、こっちは蛮王軍の正確な数も分かっていない……か」

ルーガンは、最低でも代官軍の三倍はいるだろうと予想する。少なくともそのくらいいなくては、二百の軍勢を捨て駒にするなど愚かでしかない。

「まあ、千はいるだろうな」

「千、だと……！　さすがにそんな数は……勝てるのか!?」

平然と言ってのけるウィルザードに、ルーガンは目を丸くする。

「どうにでもなる。寡兵で大軍を打ち破った話など、幾らでも転がってるさ。それに……」

ウィルザードの視線は、目の前の地図……そしてアーニャに向けられる。

「こちらの手札はまだまだある。そうだろう？　なぜなら……向こうは、ロウグリアを知らない」

そう、蛮王軍は知らない。このロウグリアを。そびえ立つカムロット城を知らない。

そして……アーニャの魔法を、知らないのだ。


代官軍とロウグリア軍の激突から、およそ二時間後……山道を進む蛮王軍、およそ千の姿があった。

この道は、蛮王が以前、選定の剣を得るために侵攻した時に簡易的に作ったものである。勝手知ったる道だけに、彼らの動きに迷いはない。

彼らは山頂にアーニャ達の拠点があると予想していたが、たとえなかったとしても、そこに陣営を設ける気だった。当たっても外れても、無駄はないのだ。

その様子を木の上から見ていた羊獣人の斥候（せっこう）は舌打ちしそうになるのを堪えながら、静かに撤退する。

さすがに木の上に斥候が隠れているとは思っていないようだが、蛮王軍は厳重に周囲を警戒して、盾まで構えて行軍している。

羊獣人の斥候が森の奥へと行くと……そこには先程大活躍した二十騎の重装騎兵の姿があった。

「ダメだ。盾まで構えて警戒してやがる。あれじゃ弓による攻撃はあまり意味がない」

元々蛮王軍は統一された刺々しい鎧を纏っていたが、さらに鎖帷子なども着込み、防御を完全にしている。その上、兜までしっかり被っているので、遠距離から矢で射かけても容易く弾かれてしまうだろう。

だが、逆に言えば、その鎧の重さが弱点でもある。

「つまり、俺達の出番ってことっすね」

そう言ってニヤリと笑うのは、兜を脱いで休んでいたボガードだ。重装騎士隊の一員となったボガードに、羊獣人は頷きつつも続ける。

「しかし、代官軍と違って蛮王軍は間違いなく手強いぞ。見るからに練度が違う。先程と同じようにはいくまい」

当然、人数だってかなりの差がある。多少混乱させたところで、すぐに立て直される可能性だってある。

そうなれば、数の差で討ち取られるのは時間の問題とも言える。

「なあに、そんなもの……あ、いや待て」

話の途中でボガードは急にピクリと反応する。

いや、彼だけでなく、その場にいる全員が何かに反応するかのようにカムロット城の方角へと振り向いた。

黙って目を閉じていたボガード達は……やがて顔を上げて、頷き合う。

「カムロット城まで撤退っすね」

「ああ、仕方ない」

「蛮王軍め……やってくれやがる。乗れ！」

重騎士隊が口々に言い合い、羊獣人も一人の重騎士の馬の後ろに乗る。

そして重騎士隊はカムロット城へと向けて走り出した。


……なぜ彼らは撤退したのか？　それは非常に単純な理由からだ。蛮王軍が部隊を四つに分けて進んでいることを、斥候が確認したからだ。

そしてそれが……ある魔法により速やかにカムロット城へと伝わった。

その名も王の意思（キングオーダー）――アーニャの創った、意思伝達魔法である。

「実際凄い魔法だよ、君のソレはな」

撤退を指示したアーニャを見ながら、ウィルザードは笑う。

自分の考えを誤解なく伝える力。

そう考えてアーニャが創造した魔法は、アーニャから相手への遠距離通信、そしてアーニャから〝国民〟への全体放送の二つの機能を持っていた。

まず指定した相手への遠距離通信は双方向であり、発信はアーニャからする必要はあるが相手との会話が可能だ。斥候と連絡を取り合ったのはこの機能で、重騎士隊に撤退を指示したのは全体放送である。

そして、この魔法がアーニャと各所に散った斥候達を繋ぐ役割を果たしたのだ。

「代官軍と同じく山道を進むと見せかけて、別の三方向からも侵攻……か。奴の性格を知っているほど騙されるな」

山道を進む蛮王軍は千。これだけでも凄まじい数ではあるが、それ故に〝蛮王軍は全力で正面から来たのだ〟と騙される。なぜなら、蛮王は正面から戦うのが好きな性格であると広く知られているからだ。細かい策など考えない。故に蛮王だと……そう言われているのだ。

だが実際は、さらに別の三方向からの同じ数での侵攻。こうなってくると山狩りや殲滅戦に近い。

蛮王軍が正面から来ていると信じて戦えば、残りの三方向から包囲殲滅される。

そういう策であり……同時に、気付いてみれば卑怯でもなんでもない〝蛮王らしい〟豪快な策だ。

対するロウグリアは戦闘専門の騎士団が七十二。そうではない、いわゆる義勇兵が四十二。全部合わせても百十四しかいない。先程代官軍の三百を蹴散らしたのだって、大勝利といっていいくらいなのだ。

「どうする、ウィルザード。こうなったら籠城戦しかないんじゃないか？」

ルーガンの提案に、ウィルザードは首を横に振る。

「いや、いくらカムロット城が堅固でも、さすがに敵が四千近いとなると限界がある。向こうも、こんな場所に城がある想定まではしていないはずだが、何があっても打ち破るくらいの気概で来るだろうからね。当然、攻城戦になったからといって退いてくれるほどヤワでもない」

「だが、それならどうする」

「そうだな……上手くいくかどうかは賭けになるんだが、重騎士団に仕事を頼もうと僕は考えている」

「重騎士団？　撹乱するのか？　だがそれは……」

いくら強化魔法で常識外れに強く、しかも身軽になった彼らとはいえ、この数の敵に突っ込んだらみすみす全滅しかねない。ルーガンはそう考え反対しようとするが、これをウィルザードが制した。

「なあに、ただの撹乱じゃないさ。彼らには、ちょっとした〝援軍〟を呼んでもらおうと思っている」

「援軍？」

「ああ、そうさ」

言いながら、ウィルザードは地図上のモンスターを示す駒に触れる。

「強力な援軍だ。重騎士団なら簡単にエスコートできるさ」

そんなウィルザードの指令がアーニャを通して伝えられている頃。山の裏側から進む蛮王軍分隊は、時折罠が仕掛けられている以外は抵抗らしい抵抗がない道程にすっかり慣れていた。

「襲撃一つないとはな……」

「ベイガン様の策が大当たり、ということなんだろうな。おっと、そこ、落とし穴があるぞ」

兵士が槍で地面を突くと落とし穴が露わになる。

その兵士はサッと手をあげて部隊を静止させる。

「前方の落とし穴を回避して進む！　後続、落ちるような間抜けをするなよ！」

注意喚起の声に、笑い声混じりの返事が応じ、分隊の兵士達は進んでいく。

どこに隠れているか知らないが、蛮王様に逆らうとは愚かな連中だ――兵士達はこれから蹂躙されるであろう獣人どもを哀れんだ。

たとえ整備一つされていない山の中だろうと、そんなものは蛮王軍には大した障害にはなりえない。この調子であれば一番乗りだと、そんなことを考えていた矢先――

「うおおおおおおおおお！」

「んなっ⁉」

突然、茂みを突き抜け頭上を跳躍して横切る馬の姿に度肝を抜かれ、兵士は思わず足を止める。

今のはなんだ。有り得ないくらいに鎧でガチガチに固めた馬。その上に乗っている重装騎士。これはまさか――

「獣人共の重装騎士だ！　全員全周警戒……」

だが、突然、馬のいななきとは明らかに違う、身の毛もよだつ獣の咆哮が響いた。

「ガアアアアアアアアア！」

「え、がふっ！」

次の瞬間、仲間に向けての指示を叫んでいた兵士と、その周囲にいた何人かの兵士が上半身を吹き飛ばされた。

そこにいたのは、巨大な黒い熊。ただし、その顔は毛皮に覆われた人間の男のものに酷似している異様な獣。

「タ……黒色暴獣だあ！」

「応戦しろ！　囲んで槍で突け！　落ち着け、訓練通りにやれば対処可能だ！」

慌てて陣形を立て直す蛮王軍分隊の頭上を、さらに一人、また一人と重騎士達が跳び越して通過していく。

交錯する寸前でジャンプしているのであろうが、非常識ですらあるその動きは、敵ながら見事と賛辞を贈らざるを得ない。

「こっちにも出たぞお！」

同時に、部隊のあちこちで声が上がりはじめる。

「おい、赤角槍鹿も交じってやが……ぐああ！」

ある兵士は捻じれた槍のような赤い角を持つ鹿に貫かれ、ある兵士は黒色暴獣の鋭い爪に引き裂かれる。

彼らが纏う鎧はまるで役に立たなかった。

前列、中列、後列をちょうど分断するようなモンスターの出現……いや、モンスターの誘導を受け、蛮王軍分隊は大混乱に陥る。

「くそっ、獣人ども……！　まさかモンスターをぶつけてくるなど！　卑怯者め！」

卑怯がどうのと言うのであれば、少ない相手に四千もの軍勢をぶつけるのもどうなのかという話であるが……

それにしても、普通であれば、モンスターを引き寄せて相手にぶつけるなどという戦法は成立しない。

なぜなら、モンスターの足は極めて速く、並の馬など軽く上回るものも存在する。特にこのような足場の悪い山地であれば、赤角槍鹿の機動力は凄まじい。

故に、奴らをおびき出そうにも、敵陣に辿り着く前に追いつかれるのが当たり前なのだ。

……しかし、強化魔法のかかったロウグリア重騎士団であれば話は別。その速度と機動力でモンスターを翻弄し、敵にぶつけることすら可能である。

狙った相手を執拗に追い続けるモンスターもまた、より多くの餌を見つければそちらに襲い掛かるのは当然の摂理だった。

「他の隊に伝令を出せ……！　敵はモンスターを利用してくる！　警戒されたし、だ！」

部隊が混乱に包まれる中で上級騎士や兵士が指示を出すが、一撃で仲間を屠るモンスターに追われ、皆それどころではない。

それでも、数人の兵士が混乱を脱して伝令に走る。だが、その報告は徒労に終わるだろう。なぜなら、蛮王軍の全ての隊を今、ロウグリアの重騎士団がおびき寄せたモンスターが襲っているのだから。

そしてここ、蛮王軍の本隊も混乱に包まれていた。

側面を突くように襲い掛かってきたモンスター達を迎撃しようと、戦列はこの上なく乱れていた。

だが、他の隊とは決定的に違う点が、この本隊にはある。

「落ち着けぇ！　たかがモンスターにオロオロするな！」

「ば、蛮王様！　お下がりください！」

「うるさい！　まんまと策に嵌りおって！　どけ！」

ベイガンは自らモンスターの前に立ち塞がり、魔物が振るう豪腕を大剣で受け止め……そのままの勢いで首を斬り飛ばす。

聖武器ですらない剣でそれを成すのは、単純に圧倒的な力。

いかなるトリックもない。

「聖武器を持つ騎士共は前に出ろ！　この武器のためにわざわざ神官共に高い布施を払っている意味を考えろ！」

「は、はい！」

ベイガンの指示に応え、騎士達がモンスターに立ち向かっていく。

蛮王の勇姿を目の当たりにすることで兵士達の混乱も収まりつつあるが、他の隊ではこうはいくまい。

「チッ……！　やってくれる！　きっと他の隊にも同じことを仕掛けていやがるだろうな。忌々しい！　こんな方法で劣勢を覆しにくるとは……」

舌打ちしながらも、ベイガンの顔に歓喜が滲む。

「フン……ウィルザード。あんな小娘についているから魔法だけが自慢の色狂いかと思えば、それなりに頭を使えるようではないか。ますます気に入ったぞ」

すでにベイガンの頭の中では、ウィルザードの能力を活用した征服計画が出来上がっていた。それはすでに彼の中で決定事項であり、覆ることはない。

「だが、この程度の攪乱ではどうにもならん！　行け、進め！　モンスターまで頼るようでは、もはや手はないと宣言したも同然！」

「はっ！」

応える蛮王軍の騎士、そして兵士達。

そう、いくらモンスターを使おうと、混乱は一時的なもの。数に勝る蛮王軍相手では単なる時間稼ぎに過ぎないのだ。

問題はない――ベイガンはそう判断した。
そしてまた、ウィルザードも。

「前方、敵兵確認。柵があります！」

モンスターの急襲を切り抜けた蛮王軍本隊の先鋒がついに獣人の姿を捉えた。

指揮官の号令が響く。

「打ち破れ！」

「はっ！」

道の先にあるのは、木で組んだ簡易的な柵。

そして、柵の向こうに居並ぶ胸部鎧をつけた獣人達。木製の棒を持っているのは、柵の向こうから突くためか。

だがそんなものなど、全身鎧の前には全く意味はない。

やはりアレで奴らの手札は終わりだったのだと、先頭を走る蛮王の騎士は嘲笑う。

他の兵士よりも早く、真っ先に切り込んで手柄を立てる。もはや武勲を上げ放題だと確信して、彼は敵陣に突っ込む。

だが、柵の向こうから一斉に棒が――いや、杖が向けられる。

「撃て！」

「「爆裂弾（ブラストショット）！」」

無数の声が響く。

そして、自分の栄光を夢見たまま……騎士は杖の先から放たれた炎の弾に呑み込まれ、爆散した。

「なっ……なんだアレは！」

「盾を構えろ！　警戒を……！」

突然の爆発に恐慌をきたしながらも、盾を持つ兵士達が前に出て身構える。

柵の向こうの獣人達に慌てた様子はない。

「「爆裂弾（ブラストショット）！」」

再び火の弾が放たれ、着弾時の爆発が盾ごと騎士達を吹き飛ばす。

それと同時に杖を構えていた獣人達は素早く列を離れ、すぐ後ろの獣人達と交代する。

もはや号令すらない。前の者が撃ち、離れるのが合図。

長い集中で無駄に疲れることもなく、時間的ロスを生じさせず、非常に効率的に獣人達の魔法は放たれる。

「う、うわあああああ！」

「蛮王様、これは……ぐあああ！」

戦場のあちこちから悲鳴が上がる。

炎に、爆発に巻き込まれる部下達を見て……ベイガンは、自分の魔法に対する考えがまだ甘かったことを知る。

そう、これは……このわけの分からない力は、間違いなくウィルザードが見せた魔法と同一のもの。

ウィルザード一人の力と思っていたものを、あのなんの特別な部分も見出せない獣人達が使っている。

今までは奴隷狩りに追われて逃げるのみだったのだから、まさか最初から使えたわけでもなかろう
……ということは。

「獣人共に魔法の力を与えたか、ウィルザード……！」

こんな攻撃的な力。

完全武装の騎士や兵士を吹き飛ばすほどの、圧倒的な破壊の力。そんなものを、弱い獣人に与えたというのか。

あんな間に合わせで作った柵すら、突破させないとは。

「恐れるな、進め！　退けば狙い撃ちになるだけだ！　密集するな！　森に入り、横に広がって被害を少なくしろ！　防御の薄い場所を食い破れ！」

柵と即席の魔法使い達は、ある意味で囮に違いない。

その攻撃力を見せつけてこちらの思考を狭めるためのものだ。いくらなんでも、あんなものが広

く設置できているはずがない。

ならば広がり、手薄なところを突破すれば勝てる。それができるだけの兵力がベイガンにはある。

そう考えての指令であった。

それは正しい。この即席の柵は混乱の間に蛮王軍本隊に打撃を与えるためのもの。蛮王軍が数に任せて襲いかかれば、止めきれるものではない。

……だが。全ての蛮王軍にモンスターをけしかけたのは、蛮王軍のこの動きを誘うためでもあった。

「突撃ィィィィ！」

「おおおおおおお！」

山道から外れて山中に広がった蛮王軍を、木々の合間を縦横無尽に駆け巡る重騎士隊が襲う。

数でも戦闘経験でも勝る蛮王軍といえど、森の中に散開した状況では連携もままならず、いつも通りに戦えない。

一人、また一人と討ち取られていく中で混乱はさらに広がっていく。

「くっ、おのれ……！　こうなれば俺が！」

「いけません蛮王様！　ここは一時撤退を！」

ベイガンのいる位置までは、魔法による攻撃は届かない。

確かに、今ならまだ安全に撤退できる。

だが、そんなことができようか？

ここを破りさえすれば勝てるのだ。所詮全ては脅しにすぎない。

他の隊だって頂上を目指しているはずだ。そんな中で、自ら率いる本隊が真っ先に撤退するという無様な真似を晒せというのか？

そんなことは許されない。許されない、が……

ベイガンは、砕けそうなほどに歯を噛み締める。

このルートでのこれ以上の被害は許容できない。

ならば、ならば……

「撤退、だ」

蛮王の声が、戦場に響く。

「全軍撤退！　速やかに退けい！」

その声に、混乱の極みにあった蛮王軍は一斉に身を翻して元来た道を走る。魔法という未知への恐怖。最強であると信じていた自分達が、こうも圧倒されることによる自信の喪失(そうしつ)。そうした諸々(もろもろ)が、彼らの闘志を奪っていた。

王たるベイガンの横すら走り抜けていく彼らを見て、蛮王は自軍の敗北を悟る。

強さという論理で統率されていた彼らは、それがなくなった瞬間にこんなにも弱いのか。その事実を突きつけられ、ベイガンは自分も撤退しようと身を翻す。

「どうやら、戦争は僕達の勝ちのようだな？」

その声に、ベイガンは敵陣を振り返る。

「ウィルザード……！　それに小娘か！」

そう、そこにいたのはウィルザードとアーニャ。

突然現れた王と魔法使いに獣人達がざわついているのが聞こえるが、ウィルザードは気にする素振りを見せない。

「我が王の名はアーニャだ、蛮王ベイガン。言っておくが、君の放った他の分隊は隊長格がやられた時点で撤退してしまったぞ？」

「……そうか」

他の三隊には、ベイガンがいなかった。ただそれだけの差が、踏み止まって戦う力の差になったのだ。それは、自分なしでも戦えるだろうと考えていたベイガンの失策でもあった。

「それで、どうする。俺の首でも取りに来たというのか、ウィルザード」

ウィルザード一人ならともかく、重騎士隊と魔法隊まで向けられれば、さすがのベイガンといえども生き残るのは難しいだろう。

「やってみろ。俺の王たる器を見せつけてやろう」

だが、ただで死ぬ気はない。そう考え、ベイガンは大剣を構える。

……しかし、そこで彼は信じられない台詞を耳にした。

「決闘だ、ベイガン」

「な、に？」

「ここでお前を殺しても、さほどの意味はない。だからこそ、その心を敗北させてやる」

「決闘、だと？　お前がか、ウィルザード。それともまさか、その小娘か」

「そのまさか、ってやつだ」

ウィルザードに背中を押され、アーニャはクラウンソードを構える。

「ドルバス国王、ベイガン！　ロウグリア国王アーニャが……私が貴方を倒す！」

震える手でクラウンソードを握るアーニャが口上を述べる様を、呆気にとられたような顔で見つめるベイガン。

「は、ははは……ガハハハハハハハハハ！」

「な、何がおかしいの！」

「全てだ！」

ビリビリと、全てを震わせる声が響く。

「俺を倒せるとほざくか、獣人の小娘！　前回の不可思議な力を使えば俺にまた勝てると驕ったか！」

隆起したベイガンの筋肉が鎧を圧迫し、ミシリと音を立てる。獣じみた力を誇るその腕には、愛用の大剣がしっかりと握られる。

「ならばお前の首をこの場で叩き斬ってくれる……！　決闘と言ったからには、ウィルザードの援護などさせんぞ！」

「必要ない！　私は私の力で貴方を倒す！」

「やってみろぉ!!」

地面を破裂させるような音を立てて、ベイガンが跳ぶ。

一撃でモンスターすら叩き斬るその攻撃を前に……アーニャは、すうっと息を吸い、唱える。

「強化（パワード）」

そして、ベイガンと同じような音を立ててアーニャも跳ぶ。

今のアーニャは、前回の彼女とは違う。

ルーガンから剣を習い、ウィルザードから魔法を教わった。

鋭く振るったクラウンソードがベイガンの大剣とぶつかり、火花を散らす。

互いに弾かれるように後ろへと跳ぶ。

「……フン。魔法か。そうか、一兵卒が使えるのであれば、お前が使えない道理はない」

「降参する？」

「ふざけるな。今お前が使った魔法以外を使う暇があると思うなよ」

再び二人の距離が縮まり、大剣とクラウンソードを打ち合う音が響く。

ルーガンの剣は所詮一兵士の剣法ではあるが、それでもしっかりと実戦で磨かれた剣法だ。ベイガンの力任せの荒々しい剣相手に——少なくとも技術においては劣るものではない。

「なるほど、剣の扱いも上がったか！　それも魔法か!?」

「努力！」

「そうか！」

ベイガンが繰り出した蹴りがアーニャを打ち抜く。

腹部を押さえたアーニャがたまらず後ろに下がり……だが、すぐにベイガンの追撃の剣が襲い来る。

「くっ！」

「認めよう！　確かにお前は俺とは違う王のようだ！」

「な、にを！」

「お前の在り方は、あの忌々しい騎士国家の連中にも似ている！　仲間と高め合って云々とぬかす、うすら寒い連中だ！　だがなるほど、確かにお前はそうやって〝できて〟いる！」

ベイガンの大剣がアーニャのクラウンソードを打ち、大きく弾く。

「だが、そんなものは自分を頼れぬ軟弱者の小細工！　見よ、お前は今、俺に押されている！」

「くっ……」

アーニャはなんとかクラウンソードを引き戻し、振り下ろされる大剣を打ち返す。

「それとも、またあの光を放ってみるか！　やってみろ！　その剣の力で俺に勝ってみろ！」

「こ、のおおお！」

明らかな挑発。そんな勝ち方で認めるものかと言っているに等しい。蛮王はクラウンソードの力に頼ってしか自分には勝てないだろうと蔑んでいる。自分こそが強者だと驕っている。

「ハハハ、剣筋が荒くなってきたぞ！」

ベイガンが嗤い、大上段から剣を振るう。

一瞬身をかがめたアーニャは、剣を切り返すのが遅れた。

魔法がどの程度続くかは知らないが、長期戦ならば地力で勝る自分に分がある。

この勝負、どう足掻こうと自分の勝ちだとベイガンは確信し、最高に驕り切った。

しかし。

その瞬間、アーニャを見失う。

「なっ……」

どこに——と言いかけた蛮王の顔に、跳んでいたアーニャの回転蹴りが炸裂する。

「ぐ、あ……！」

強化されたアーニャの全力で繰り出された蹴りはベイガンの脳を揺らし、その巨体を打ち倒す。

「ロ、ローリングソバット……？」

あまりにも豪快で華麗な蹴りを目にして、ウィルザードはアースの格闘技に存在した技の名を呟く。

「さすがの貴方でも、首を斬られたら生きられないよね？」

倒れたベイガンの首元に、アーニャがクラウンソードを突きつけた。

「ぐっ」

「私の勝ち、だね」

アーニャの静かな宣言に、周囲で見守っていたロウグリア兵達の歓喜の声が上がる。

蛮王を、あの蛮王ベイガンを打ち倒した。信じられないようなことが今、目の前で現実になったのだ。

「……殺せ」

湧き立つ獣人達の声が響く中、ベイダンはハッキリそう言った。

「やだ」

「何を……！」

「ウィルが言ったでしょ、貴方の心を敗北させるって」

アーニャはそう言うと、クラウンソードをベイガンの首元から遠ざける。

「戦争に勝った。決闘にも勝った。なら、私達の国の……ロウグリアの勝ち。もう攻めてこないで」

アーニャの言葉に、ベイガンは呆然とした顔で絶句する。

……やがて、大声で笑いだす。

「はは、はははは！」

「な、何がおかしいの⁉」

「おかしいとも！　俺に勝って国を寄越(よこ)せではなく〝攻めてくるな〟とはな！　このまま俺を殺して首を掲げ、一気に国を獲(と)ろうとは思わんのか！」

そうするのが、この乱世の習わしだ。

だが、アーニャは冗談にも等しいことを言った。それが、蛮王にはたまらなくおかしかった。

「思わないよ」

だが、アーニャは真剣な表情でそう言う。

「ここで貴方を殺して、貴方の国に攻め入って……それで、私に何が手に入るの？」

「覇権が手に入るだろう。この山など比べものにならない広い国土もな。お前が真の王を名乗るのであれば、そうするべきだ」

「私達がされたように、今度は優人を弾圧して？」

「……」

「私が望むのは、そんな国じゃない。だから、貴方を殺さない」

「……なんのために、だ」

ベイガンの問いに、アーニャは迷いなく答える。

「仲良くするため。今度こそ、間違えないように……皆で仲良くするために、だよ」

ベイガンの思考が、混乱する。

アーニャは……この小娘は獣人の女だ。

山に逃れ、優人から追い立てられ、日々を恨みの中で過ごしていたはず。

それが、こんな自分にも勝てるほど強くなったというのに。

だというのに、考えるのは復讐ではなく融和なのか。

自分ならば間違いなく復讐を……失ったものを取り戻すための覇道を選ぶはず。

それが、なぜ。なぜなのか。

「ああ……そうか」

考えて、考えて……ベイガンは理解した。

「これが、俺とお前の器の差か」

蛮王が獣人に敗れたという報せはすぐさま国内を駆け巡り、力を持つ者達による王座の奪い合いが始まるだろう。そのことに悔いはない。そういう風に国を造ったのだから。

強者が弱者を従える――これこそベイガンの信じた正義だった。

……しかし、最強を誇っていたはずの自分が、獣人の小娘に負けて……それも剣ですらない、〝ただの蹴り〟で全てを失った。

ベイガンは今更ながら、自分が造り上げた国の不安定さに気付かされた。

自分より弱いはずのアーニャ。自分の兵より弱かったはずの獣人達。彼らとの間に一体どんな差があったのか？

簡単だ。ベイガンの信じていた強さは、一度負けてご破算になる程度の危うい強さでしかなかった。負けて、泥にまみれて、そこから蘇ってくる強さに敵う道理などなかったのだ。

皆で仲良くするというアーニャの甘い思想に群がり、良いように誘導しようとする虫は多いだろう。

だが、もし……もしこの少女の理想が成されたならば……

負けたことでリセットされたベイガンの思考は晴れ渡り……新たな未来を見据えようとしていた。

それは、彼自身が信じていた〝強さ〟に、新たな基準が加わったが故でもあった。

ゆっくりと起き上がったベイガンは、自然とアーニャの前に跪いていた。

「えっ」

頭(こうべ)を垂(た)れるベイガンに困惑し、アーニャは助けを求めるように周囲を見るが、一番近くにいるウイルザードは笑顔で頷いてみせるだけだった。

「……アーニャ王」

「え、は……はい、なんでしょう⁉」

思わず敬語になってしまったアーニャに、ベイガンは静かに言葉を紡ぐ。

「俺の忠誠を、貴方に捧げよう。以後はこの身を貴方の盾に、この力を貴方の剣として振るおう。どうか受け取ってほしい」

「え、ええっ⁉　で、でも貴方の国……」

「俺の国は力が全てだ。そういう風に造った。敗北した俺の後釜を狙い、すぐに争いが始まるだろう。もはや臣下に俺の声は届かぬ」

「で、でも……」

「いいんじゃないか？」

再びオロオロしはじめるアーニャの肩を、ウィルザードが叩く。

「君が優人と獣人の仲良くする国を造りたいというのであれば、この男は最適だ。何しろ、身体能力は獣勝りだからな！」

「ちょ、ちょっと」

アーニャの咎める言葉などどこ吹く風で、ウィルザードはベイガンを見下ろす。

「ベイガン。君がそう望むのなら、今から君はアーニャの騎士だ。今後は優人と獣人の橋渡しと成り得る騎士……そうだな、〝獣騎士（じゅうきし）ベイガン〟と名乗るといい」

「承った。この命が砕けるまで、その名に恥じぬ働きをすると誓おう」

そう言って顔を上げたベイガンの瞳には、すでに迷いはなく、先程までの驕りもない。それを見てしまっては、アーニャも拒否できるはずがない。

「これからよろしく頼む、俺の王よ」

「え、えっと……よろしく」

こうして、一つの戦いは終わった。

蛮王ベイガン……いや、獣騎士ベイガンがこの日、ロウグリアの騎士となった。

◆

蛮王との戦いが終わったその日、ロウグリアはお祭り騒ぎだった。

蛮王軍を退けた。

山頂のカムロット城とその周りに広がる町一つという国土しかないロウグリアが、強大な敵を倒したのだ。そこに希望を見出すなという方が無理な話だろう。

城下の町では誰もが外に出て酒を飲み、野外で料理を振る舞う者も多数いる。

たとえこれがまだ始まりなのだとしても、もう潰されるだけの自分達ではない。その事実が、彼らにはとても喜ばしかった。

「アーニャ王ばんざーい！」

「ウィルザード様ばんざーい！」

「ロウグリアばんざーい！」

そんな声が響き、誰もが笑顔で杯を交わし合う。

カムロット城まで響くその歓声を聞きながら、ベイガンは城の一室の窓辺で町を見下ろしていた。

「そんなところで、どうしたの？　えっと……ベイガン」

自分よりもずっと年上であろうベイガンを呼び捨てにするのは……しかも味方となった今では、なかなか慣れないのだろう。たどたどしく話しかけてくるアーニャに、ベイガンは苦笑する。

「俺は、さっきまで敵だったからな。ああ宣言しておいてなんだが、今すぐにあの中に混ざることはできんさ」

獣人と優人の橋渡し。現実的にはそう簡単にいくことではない。

世界全てというわけではないが、多くの国で獣人は見下され、迫害されている。

ベイガン自身、迫害する側だったのだ。そんなベイガンがあの中に混ざっては、せっかくのお祭り気分を壊してしまうだけだ。

「でも、それじゃ……」

「心配するな、俺の王よ。これから行動で示していく。それが、俺に与えられた役目なのだからな」

「……むう」

「どうした？」

微妙な顔になったアーニャにベイガンが問いかけると、アーニャはここにいない魔法使いのことを思い出して不満そうな顔をする。

「ウィルもよく〝我が王〟って言うけど、あんまりその言い方、好きじゃない」

「そうなのか?」

「私は〝我が王〟とか〝俺の王〟とかじゃなくてアーニャだもの。そう呼んでほしいな」

「努力しよう」

いきなり主をアーニャ呼ばわりしていては、事情を知らぬ者の反感を買いかねない。少しずつ、少しずつ。溝を埋めていくしかない。

「ところで、そのウィルザードはどこへ行ったんだ?」

「私も探してるの。ベイガン、知らない?」

「いや、俺も知らんが……城の中くらいなら俺が探しておこう」

「その必要はないぞ」

だが、ベイガンが動き出す前に、先程まで誰もいなかった場所にウィルザードの姿が現れた。

「あ、もう! どこ行ってたの、ウィル!?」

「いや、ムルを寝かしつけにな。なんだかんだで子供だから、夜更かしは体に悪い」

「あ、そっか……」

戦いが終わった後にムルがウィルザードに張り付いていたのはアーニャも知っていたが、そこまで考えが回らなかった。

「あはは……お姉さん失格だね、私」

「僕を信用してくれていたというだけの話だろ?」

ウィルザードの言葉に、アーニャはハッとしたような顔をする。

そう、確かにそうだ。アーニャは、ウィルザードを心の底から信用している。

ウィルなら、ウィルザードなら間違いないと、全幅の信頼をおいている。だから、一緒にいるムルも大丈夫だと安心しきっていたのだ。

「そ、そう……だね」

なんだか気恥ずかしくなって、アーニャはわずかに顔を赤らめた。そして気を利かせて無言で席を外そうとしたベイガンの腕を掴む。

「ち、違うから！」

「いや、しかし」

「お願い、ここにいて！」

アーニャは困惑するベイガンの前に立ち塞がって押し止める。

「だが」

「王様の命令！」

そう言われてしまっては、ベイガンも動くわけにはいかない。

だがアーニャも必死だ。こんなところでウィルザードと二人きりでは、自分が何を口走るか分かったものではない。

彼の気持ちを確かめてすらもいないのに、そんな暴走なんかしたら大変だ。

「で、僕を探してたって?」

「え! あ、うん。えっと……その。ありがとうって言いたくて」

「もう何回か言われた気もするし、〝お礼〟なら前にもらったけどな」

ウィルザードは明らかにアーニャからのキスのことを暗示していた。

「や、違うの! そういうのじゃなくて! ここまでの全部のこと!」

アーニャは真っ赤な顔で手をブンブンと振り、心を落ち着けるように、一度深呼吸をする。

「……私。ウィルがいなきゃここまで辿り着けなかったから。どんなに頑張っても〝今〟にはならなかったから」

「それは違うさ。僕は手助けしただけだ。頑張った君の成果だ」

実際、ベイガンを倒し、屈服させたのはアーニャだ。

ウィルザードでは、ベイガンを殺す以外の選択肢を見出せなかっただろう。これは間違いなく、アーニャの功績なのだ。

「そうだとしても。ありがとう、ウィル。貴方が私を支えてくれたから、私は強くなれたんだよ」

「……そうか」

その笑顔に、ウィルザードも笑顔を返す。

出会ったばかりの弱気な少女が、こうも強くなった。敵をも心酔(しんすい)させ、味方に引き込む王に成長した。

「といっても、これからが本番だぞ？　荒れる蛮王の国ドルバスをどうにかしないといけないし、国を立ち上げた以上、他の国との関係も考える必要がある」

「うっ」

「まだまだ、君の望む世界への道は遠いな、アーニャ」

アーニャは、悪戯っぽく笑うウィルザードの袖をつまむ。

自分よりもずっと背の高い——体力面では心許ないけど——とっても頼りになる自分の魔法使いの袖を、軽く引っ張る。

「手伝ってよね、ウィル」

そう言って自分を見上げるアーニャに、ウィルザードは笑顔で応える。

「……もちろんだ、アーニャ。我が王よ」

「うん……って、あー！　また〝我が王〟って言った！」

「ハハハ、その辺りはもう諦めた方がいいな！」

逃げるウィルザードをアーニャが追い、そんな二人の後姿をベイガンはため息を吐きながら見送る。

今宵、希望に満ちたロウグリアは未だ眠らず。

満天の星空に浮かぶ月が、ただ優しく見下ろしていた。

各定価：本体 1200 円＋税　illustration：ジョンディー

1～10巻好評発売中！

とあるおっさんのVRMMO活動記

PCオンラインゲーム

詳しくは http://omf-game.alphapolis.co.jp/ へアクセス！

MATERIAL COLLECTOR'S
ANOTHER WORLD
TRAVELS
素材採取家の
異世界旅行記
1~3
木乃子増緒
KINOKO MASUO
異世界には
へんな素材が
盛り沢山!
なにこの異世界…
楽しすぎぃっ!
第9回アルファポリス
ファンタジー小説大賞
大賞 読者賞
W受賞作!
ヘンテコ素材を採取して、
目指せ、異世界一周大旅行!
ひょんなことから異世界に転生させられた普通の青年、神城タケル。前世では何の取り柄もなかった彼に付与されたのは、チートな身体能力・魔力、そして何でも見つけられる「探査」と、何でもわかる「調査」という不思議な力だった。それらの能力を駆使し、ヘンテコなレア素材を次々と採取、優秀な「素材採取家」として身を立てていく彼だったが、地底に潜む古代竜と出逢ったことで、その運命は思わぬ方向へ動き出していく——
◉各定価：本体1200円＋税 ◉Illustration：海島千本

天野ハザマ（あまのはざま）
好きなモノはファンタジーと猫。2013年からウェブ上にて「勇者に滅ぼされるだけの簡単なお仕事です」の連載を開始。瞬く間に人気を得て2014年、同作にて出版デビュー。

イラスト：ひづきみや
http://hizukimiya.tumblr.com/

本書はWebサイト「アルファポリス」（http://www.alphapolis.co.jp/）に投稿されたものを、改題、改稿、加筆のうえ、書籍化したものです。

猫耳少女（ねこみみしょうじょ）と世界最強（せかいさいきょう）の魔法国家（まほうこっか）を作ります

天野ハザマ（あまのはざま）

2017年9月29日初版発行

編集ー仙波邦彦・篠木歩・太田鉄平
編集長ー塙綾子
発行者ー梶本雄介
発行所ー株式会社アルファポリス
〒150-6005東京都渋谷区恵比寿4-20-3恵比寿ｶﾞｰﾃﾞﾝﾌﾟﾚｲｽﾀﾜｰ5F
TEL 03-6277-1601（営業） 03-6277-1602（編集）
URL http://www.alphapolis.co.jp/
発売元ー株式会社星雲社
〒112-0005 東京都文京区水道1-3-30
TEL 03-3868-3275
装丁・本文イラストーひづきみや
装丁デザインーansyyqdesign
印刷ー図書印刷株式会社

価格はカバーに表示されてあります。
落丁乱丁の場合はアルファポリスまでご連絡ください。
送料は小社負担でお取り替えします。

ISBN978-4-434-23822-2 C0093